三輪山何方にありや

～古事記 中つ巻 異書 長髄彦伝より～

鈴木 慧

郁朋社

三輪山　何方にありや／目次

主な登場人物

長髄彦《ナガスネヒコ》……奈良盆地最大集落、那賀須泥の首長。背が高い。王国常任幹部。幼名は登美毘古。

饒速日《ニギハヤヒ》……生駒山西麓の河内潟ほとり、日下集落の長であり、奈良盆地連合王国の王。渡来人の子孫。長髄彦の義弟。物部氏の祖。

三炊屋媛《ミカシキヤヒメ》……饒速日の妻で長髄彦の異母妹。

葛根毘古《クズネヒコ》……長髄彦の直属の部下で武人、兵部を担当。

八江香流男《ヤエカルオ》……長髄彦の直属の部下、財部等内政担当。

阿夜比遅《アヤヒジ》……饒速日の副官、補佐官。

八十梟師《ヤソタケル》……奈良盆地最有力集落のひとつ、磯城の首長。長髄彦と覇を競う。王国常任幹部。眉間に横皺をつくる。

阿加賀根《アカガネ》……盆地南部、高尾張の首長。長髄彦の妻の従兄弟。那賀須泥と水利権を巡り過去に争う。長髄彦より年長。子孫は葛城氏となる。

猪祝《イノハフリ》……盆地南部、磯城に隣接し、高尾張に近い臍見《ほそみ》集落の首長。

居勢祝《コセノハフリ》……盆地東部、和邇の首長。王国常任幹部にして最長老、白髪交じりの頭。和邇氏春日氏の祖。

新城戸畔《ニイキトベ》……盆地北部、層富《そを》地区支配者、女性首長。渡来人との混血、一重切れ長の目。

鳥見比古《トミヒコ》……盆地北西部登美の首長、幹部中最若年。

男戸磯城比古《オトシキヒコ》…八十梟師の弟、鳥見山で指揮を執る八十梟師の補佐官役を務める。磯城氏の祖。

五十瀬《イッセ》……侵入軍総指揮官、筑紫王家の血筋をひく。狭野彦の長兄。日下の戦いの傷が元で死亡。

狭野彦《サノヒコ》……侵入軍総指揮官五十瀬の弟、後の神倭伊波礼毘古《カムヤマトイワレヒコ》、神武天皇。五十瀬をついで総指揮官となる。

装丁／根本比奈子

三輪山　何方にありや

序章　那賀須泥《ながすね》　戊寅の年（西暦紀元一三八年）

一

戊寅の年（西暦一三八年）、大晦日の夜明け、大倭（現在の奈良県）の盆地中央やや南よりに広がる大集落、那賀須泥《ながすね》の首長の家に、六年ぶりに三人目の男児が誕生した。その赤子は、祖母の出身地の地名にちなみ登美毘古《トミビコ》と名づけられた。

那賀須泥集落は、戸数五百を数える盆地最大の集落である。盆地内とその周辺には、戸数二百から三百の大規模集落が他に三つ、戸数百戸前後の中規模集落が十を超えて存在している。百戸以下の、小規模集落は多数あり、それらは、規模のより大きな集落に従属していた。

登美毘古は、首長の第四子として育った。上には、二人の兄と一人の姉がいた。兄達と姉は、幼い頃から利発で、運動能力の点でも優れていた。首長である父親は、その三人の子供達の成長に積極的にかかわった。母親は、いつも幼い登美毘古の傍らにあった。登美毘古は母親の衣服の裾を片手で握り、母親の陰から、父親とともに走り回る三人の兄姉を見つめて育った。

登美毘古が母親の傍らから離れ、近所の同年代の子供達と遊び始めて、三年が経った七歳の初夏、次兄が流行病にかかり、激しい下痢と高熱で発病後数日で逝った。

さらに二年が経った日照りの夏、水争いによる近隣集落との小競り合いに出陣した長兄が、流れ矢に当たり十八歳の命を散らせた。

二人の兄の死に際に登美毘古は立ち会った。大勢の呪術師と大人達の背後で、自分なりの祈りの言葉をつぶやき、神々に兄達の回復を願った。祈りは受け入れられなかった。遺骸にすがる母親の姿を目にすることは、兄達の死よりもつらかった。神々は、ときとして頼りにならず、そして人の死が身近にあることを登美毘古は学んだ。

二人の兄が亡くなり、登美毘古が同年代の若者と過ごす時間が増え、長じた姉は母親と伴にいることが多くなった。その姉は、登美毘古が十二歳になった春に、盆地の西北の集落の首長の家に嫁いで行った。子供四人がいて賑やかだった家庭は、親子三人となった。

十三歳になって登美毘古は、住まいを出て若衆小屋へ移った。その頃、遊び仲間の一人から妹の存在を教わった。父親が集落の隅に住む若い婢に産ませた娘だった。抱き上げると、幼児はころころと笑った。両親のそれぞれの気持ちはさておき、身近に兄弟のいなくなった登美毘古は幼い妹の存在を喜んだ。

二年間の集団生活が過ぎて、十五歳になった登美毘古は戦士の標しを顔に彫りこむことが許された。同年齢の若者達よりも低かった身長が急速に伸びだした。両親の期待に応えるべく、戦士としての鍛錬に励み続け、細長い身体に、逞しさが加わっていった。父親は、登美毘古を後継者として認め、集落の名を冠して那賀須泥毘古《ナガスネヒコ》と呼ぶことを周囲に宣言した。

奈良盆地古地形と古地名

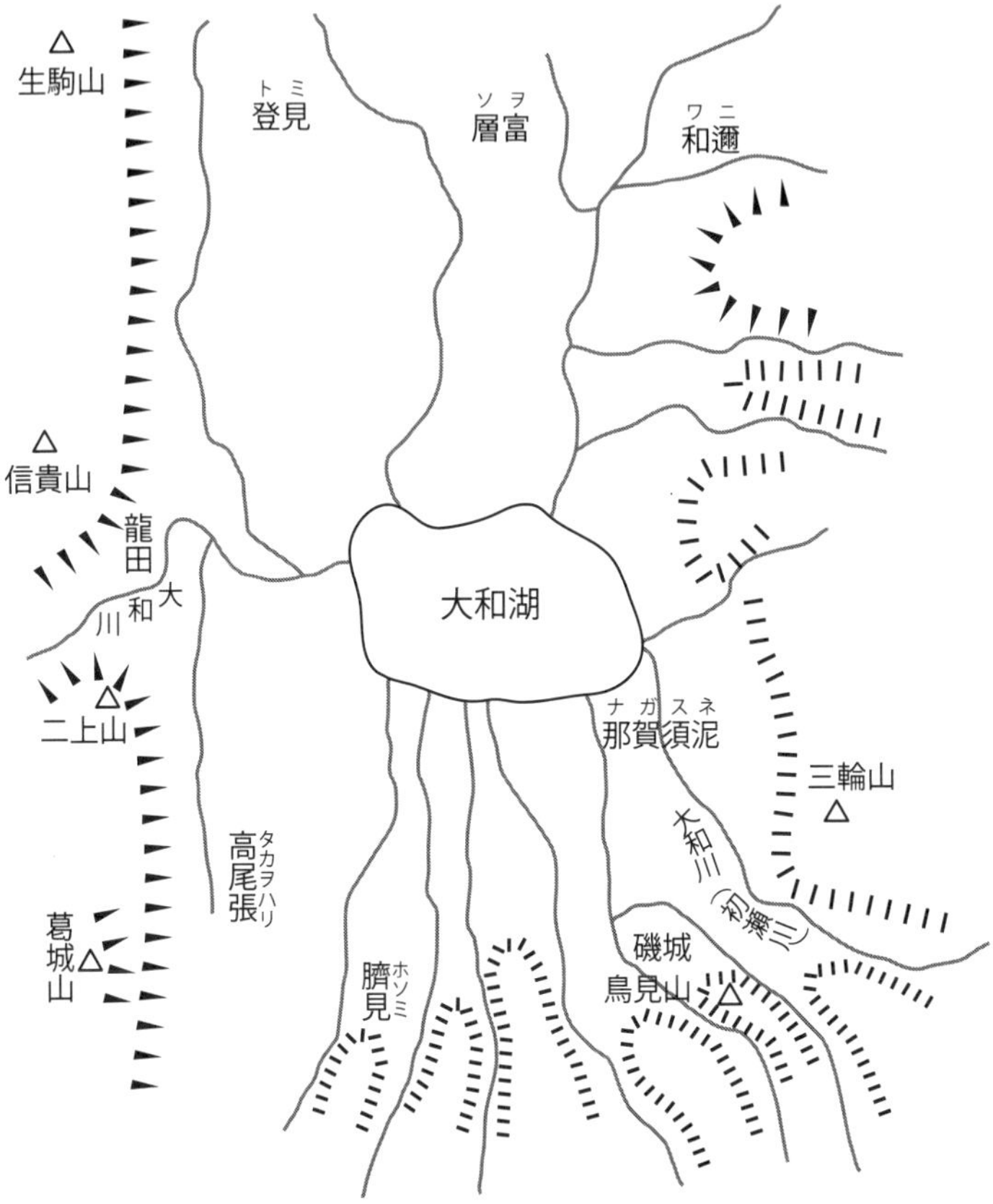

さらに成長がすすむに連れて、知力の点でも運動能力の点でも、同年代の少年達に優れていることに、那賀須泥毘古は気づいた。同年代の仲間達の見る目が変わってゆき、父親の那賀須泥毘古を見る顔に微笑みが浮かぶようになって、那賀須泥毘古は自信を深めた。背丈の伸びは十八歳まで続き、一頭地を抜いたその姿から、人は那賀須泥毘古を長髄彦《ナガスネヒコ》と呼ぶようになった。

二

長髄彦の四世代から五世代前、優れた稲作技術が西から伝来し、地勢に恵まれた盆地の人口は急増した。開墾適地は少なくなり、水が不足し、集落間の争いが頻発しだした。小さな集落はより大きな集落の勢力下に入り、争いの規模も大きくなっていった。危機感を抱いた長髄彦の曽祖父が、争いと相互不信の時代を、武力ではなく話し合いで終わらせた。王を戴いた緩い結びつきの、集落の連合体が成立した。王国は、盆地北側の丘陵を北端とし、西は生駒山地西麓の河内潟東岸まで、南は葛城山麓から忍坂《おしさか》、磐余《いわれ》までをその勢力圏とした。

王位には、代々、河内潟東南端、大和川河口近くの小さな集落の首長が就いた。その集落に居住している集団の祖先は筑紫玄海灘沿岸から遠賀《おんが》川中流域に居住していた。五代前になって、半島から対馬を経由して後続した別の集団の圧迫を受け、内部分裂し、その敗者の一部が瀬戸の海の東端の地へ逃れてきた。僅か二十人の成人男子と、その家族を合わせて五十人ほどの集団だった。

その集団が領土的野心とその力を持っていないことを確かめた周囲の集落は、その集団の移住を容認し、河内潟東南端の湿地を与えた。集団の持つ先進の土木技術と農業技術が、氾濫が頻発し、見捨てられていた湿地を豊かな稲田に変えた。その地が、移住もとの筑紫から朝日の昇る方向にあたることから、その集団は、自らが開拓した地を日下《くさか》と名づけた。その集落の首長が連合王国の王位に就いたのは、政治的妥協の結果だった。盆地内有力集落の首長達の長い話し合いにより、先進の技術を保持しながらも、軍事的には僅かな力しか持たず、入植して間もない日下の首長を共通の王に戴くこととした。

第一章　大倭《やまと》　乙卯の年（西暦紀元一七五年）初春

一

その年は、厳しい寒さの中で明けた。長髄彦は四十一歳になっていて、父親の死にともない那賀須泥の首長に就いて三年が過ぎていた。

四年間続いた不作の終わりを切望し、今年こそはと、長髄彦は新年の祈祷に力を入れた。那賀須泥領内の全ての集落の祈祷師を集め、大きな迎え火を焚かせた。

北天に輝く太一星（北極星）をはじめとし、祖神を含めた全ての神々に、新年の豊饒の祈りを二日二晩捧げた。その席には百名を超す人々が並んだ。

二日目の日が落ちて人々は、解放された。人が少なくなり、長髄彦は残り火が燻っている傍に立ち、夜空を見上げた。睡眠不足と酒のせいで意識は朦朧としていたが、厳冬の冷気が頬を刺し鼻の奥の湿り気まで凍らせてしまう。銀色の砂を撒き散らした冬空を見上げ、大きく白く瞬く白狼星（シリウス）を三ツ星の斜め下に探しだす。両手を合わせ、頭を垂れる。

最初に、昨年一年間、無事に過ごすことができたことへの礼を述べる。ついで今年の豊作と那賀須泥と王国の平和を願い、最後に妻と三人の子供達の健康を祈った。続いて僅かに身体の向きを南東に変え、星空の下に黒々とたおやかに横たわる三輪山に向かう。再び頭を垂れ、両手の平を合わせ、三輪山に祀った父親と二年前にその後を追った母親を含めた祖先に、その安らかな眠りを祈った。

長髄彦は首を廻らせて広場の周囲の、今は火も消え寝静まった建物群と、その外に聳える四つの楼観を見回した。山頂に雪を頂いた生駒から、特徴のある山容の二上山を越えて葛城まで続く山並みが、頂の雪を星明かりに鈍く銀色に光らせて横たわっている。手前に聳える楼観にはちらちらと蜜柑色の松明の火がまたたき、歩哨に立つ兵士の姿を照らしだす。いつもの夜と同じ光景に満足して、居宅へ向かった。

小枝で編んだ扉を跳ね上げると、中から光が漏れる。長髄彦の足音を聞きつけたらしい妻の顔が、光の中にあった。逆光で表情は分からなかったけれど、いつもの笑顔がそこにあると長髄彦は思った。長髄彦は妻の、見えない笑顔に、右手を上げて応えた。

二人目の妻だった。最初の妻は、十年以上前に、長髄彦の子を宿し、その出産に失敗して、赤子とともに真夏の夜に逝った。産屋の外で待っていた長髄彦の耳に達したのは、期待していた赤子の産声ではなく、妻の断末魔の叫び声だった。その叫びが頭の中から消えず、五年もの間、周囲からの強い勧めを断り続けた。

現在の妻との結婚は、父親から強く説得され受け入れたものだった。妻は盆地西南端にある王国内五番目の規模の集落の、首長の姪だった。その集落とは水利権を巡っての争いが頻発していた。その和解のための手打ちのひとつとして、盆地平和のため必要な婚姻だと、父親は言った。父親はさらに加えた。

「妻子無しで担えるほど、那賀須泥の首長の地位は軽いものではない。妻子がいて、それが支えとなり励みとなって、ようやく重圧に耐えていける。一人で耐えていけるほど、自分達は強くはない」

当時の長髄彦にとって、その言葉は意外だった。首長の地位を担って常に悠然としている強い父親に支えが必要だなどと、考えたこともなかった。まして自分自身が父親の支えになっていることなど想像もつかなかった。長髄彦が驚いて父親の顔を見上げると、父親は小さく頷き、さらに続けた。

「儂にとってお前達の存在がいかに大きなものであったか、今はまだ分かるまい」

長髄彦は、強大で乗り越えることのできない壁が、生身の人間であることを自ら曝してくれたことがうれしかった。

輿入れの日に初めて会って、器量は十人並みだけれど、愛嬌のある性格のよさそうな娘だと長髄彦は思った。儀式が済み、二人きりとなって緊張が解けた後で浮かべた笑顔が、さらに気に入った。十日経って、長髄彦は父親に礼を述べた。

妻の笑顔と子供達の寝顔を見るとどんな疲れも吹き飛ぶ。この女を娶ることができたのは幸運だった。あのときの父親の言葉はそのとおりだったと、改めて思った。

薄い八の字眉の下の、二重の大きな黒い瞳が、目じりに小さな笑い皺を刻んで長髄彦を出迎えた。

「寒かったでしょう。さあ、早く中へ入って暖まってください」

長髄彦は、ことさらに眉間に縦皺を刻んで難しそうな顔で頷く。それが単なる照れ隠しで、うれしさの表現の一つであることを知っている妻は、体の向きを変え横に並んで、夫の肘の辺りに手を添える。重い鹿の毛皮の外套を脱いで妻へ手渡す。それを受け取った妻がよろめく。

「わあ、重たい。こんなに重いものを着て、お疲れ様でした」

寝ている子供達を気遣って小さな声で妻が言う。毎回の、同じ科白《せりふ》とおどけた仕草だったけれど、長髄彦は飽きることは無かった。

妻は壁際に向かい、長髄彦に背を向け、足を伸ばしたまま前かがみとなって、毛皮の外套をたたんでいる。長髄彦は突きだされた妻の腰を衣服の上から両手で掴み、膝を折って股間を押し付けた。妻が逃れようとして腰を左右に振る。長髄彦は掴んだ両腕に力を入れてそれを妨げる。上半身を倒し、妻の耳元に口を寄せて囁く。

「今年もよろしく頼む。待っていてくれたみたいだけれど今晩は無理だ。さすがに眠い」

夫の馴染みの冗談に、妻が向き直って応える。

「あたりまえです。そのような期待をしてお待ちしていたわけではありません。長いお勤めでした。早く休んでください」

長髄彦は微笑んで振り返り、反対側の壁際に歳の順に並んで寝ている子供達を見た。妻はたて続けに四人の子供を出産した。乳児時代に一人が死亡し、二男一女が育った。

十三歳の長男は普段は家を出て、若衆小屋で生活している。正月の三日間だけ戻ってきていた。ぐっすりと寝ている長男の寝具を肩まで引き上げる。二人の小さな子供達に近寄り、屈みこんで一人一人その頭を撫でながら、短い言葉で話しかける。元気か、何して遊んだか、何を覚えたか、喧嘩しなかったか等の、他愛のない言葉を子供の耳元で囁く。子供達の就寝後に帰宅したときの、長髄彦の欠かすことのない儀式だ。子供達がそれぞれ十歳になるまで続けることにしていた。王国の幹部としての政務、領内の巡行、冬場には猟と何かと留守がちで、夜遅く帰宅することの多い長髄彦が自身に課している、子供達への一方的な約束事だった。

二

王国の幹部会は、最高意思決定機関の機能を持ち、正月の行事明けを皮切りに年四回開催される。新春の幹部会開催前々日の午後遅くに、那賀須根集落に来客があった。日下の首長であり王国の王である饒速日《ニギハヤヒ》の訪問だった。

西の門からの報せを受けて、長髄彦は自ら迎えに出た。冬の午後の陽は早くも西に傾き、晴れ上がった南西の空に聳える二上山から葛城の山並みに没しようとするところだった。

来訪者が王であることを承知している警備兵の先導で、執務室のある建物目指して進んできた饒速日を、広場の中央で長髄彦は出迎えた。

長髄彦ほどではないけれど、饒速日も背丈は高い。その顔には縦に二筋、青黒く鮮やかに刺青が入っている。うりざね顔に広い額の下の薄い眉と細い切れ長の目が、渡来系の血を引いていることを示していた。

長髄彦は、異母妹が嫁いで義弟にあたる年下の王に、深々と腰を折り頭を下げて新年の挨拶と来訪の礼を述べた。饒速日がその口の右端を吊り上げる独特の微笑を浮かべながら右手を上げた。

饒速日の半歩後ろを建物へ向かって歩きながら、長髄彦は尋ねる。

「明後日にはお会いできますのに、雪の積もった中、わざわざご足労いただくとは恐縮に存じます」

「今回は、事前に相談したいことがあって来ました」

「そうですか。ところで、三炊屋媛《ミカシキヤヒメ》とお子達は元気でしょうか」

長髄彦は、饒速日に嫁いだ妹と、乞われて名付け親となったその幼い娘達について尋ねた。三炊屋媛は気立てはともかく、一重まぶたのどちらかといえば不器量な娘だった。加えて背が高い。嫁に行きそびれかけていた十年程前に、那賀須泥集落との関係強化を考えた饒速日の父王から申し入れがあった。渡りに船と三炊屋媛を嫁がせた。なかなか子ができず、父とともに気を揉み、不器量ゆえに饒速日に疎まれているのではなどと心配したものだった。

日下側にも同じ思いがあったらしく、三炊屋媛の懐妊と出産は、生まれたのが娘であったにもかかわらず両家の親達を安心させ、結びつきをより強いものとした。

「三人とも元気にしています。娘達は積もった雪の中を、集落の悪童どもと駆け回っております。おかげで風邪ひとつひきません」

「それはなによりです」

集落の奥、高床式のひときわ大きな建物に饒速日を案内する。部屋に入り、いつもは自分が座る上座を饒速日に示し着席を勧めた。

「遠いところをお疲れでしょう。白湯など持たせましょう」

「それはありがたい。風が止んで、日が顔を出しまして、厚着ゆえ思いのほか汗を掻き、のどが渇きました」

白湯が運ばれ、運んだ婢《はしため》が退出して饒速日は眉間に縦皺を刻み、話をきりだした。二人だけになって、饒速日が言葉遣いを年上の義兄に対する丁寧なものに変えた。長髄彦も多少、それに合わせる。

「きわめて重要な問題です」

（いつもの聞きなれた前口上だ。それでも今日は（きわめて）がついている）

「義兄《あに》上は、筑紫の五瀬《イツセ》という男とその弟達が、吉備を攻めたのはご存知ですか」

長髄彦は頷き、饒速日が続ける。

「さらに、上道《かみつみち》（現在の岡山地区）を平定し、その地に留まり、船を建造し、武具を作っているそうです。この春には次の目標に向かって出帆するとのことです」

饒速日は長髄彦の反応を確かめるように、一拍置いて言った。

「私は、彼らの目標はこの地だと思います。私達の祖先が日下にやって来たときとは違います。上道を平定した軍勢は筑紫兵と阿岐兵が主力と聞いていますが、それに吉備の兵が加わりさらに針間、明石で兵を集めて、この地を目指してやって来るでしょう。大変なことです。王国始まって以来の大変な危機です」

饒速日が畳み掛けるように話し続ける。お前は知らないだろう、とでも言いたげなその口ぶりと大仰な表現は、長髄彦が饒速日の好きになれない癖のひとつだ。淡々と話せばよいのに、と思いながら長髄彦は聞く。

「そもそも五瀬とは何者ですか。今まで聞いたこともない名です」

瀬戸内海北岸地域名

聞いて長髄彦はしまったと思った。饒速日が、鼻の穴を膨らませ、得意げな表情をする。予想通りの反応に、長髄彦は笑いがこみ上げてくるのを抑えた。

「そのとおりです。私も聞いたことがありませんが、どうやら筑紫の王族の一員であることは間違いないようです。ただし、王位からはかなり離れているようで、王位を継ぐ可能性は皆無とのこと。むしろそのことが理由で、筑紫を飛びだし、いずこの土地にか国を建設し、自ら王になろうとのことらしいです。筑紫のために新たに属国を建てようという名目で東へ進んできています。したがって、現在、筑紫の力の及んでいない地域が彼らの目的地となります」

「目標は他にも考えられます。淡道《あわつみち》（淡路島）、摂津（大阪府北部）、和泉（大阪府南西部）など、他にも土地があるではないですか」

「淡道はすでに筑紫に年貢を送っています。摂津であれば陸路、船の準備などせず、そのまま攻めると思います。和泉は可能性がありますが土地が狭い。私達の一族が筑紫を逃れこの地に来たことを、彼等は知っています。何より、この盆地が豊かな土地であることは広く知られています」

長髄彦も、筑紫を出た一団が阿岐の兵を従えて、下道《しもつみち》（現在の福山、井原地区）、上道へ侵入したことは聞いていた。しかし、それは遠い土地の出来事だった。長髄彦は目を細め、開け放たれた窓から外の景色を眺めた。陽の傾きかけた西の空に、葛城の山並みが頂を白くして横たわっている。風もない、穏やかで平和そのものの冬の夕刻だ。

「何のために彼等は戦っているのでしょうか。王になるために、自ら支配する土地を得るために多くの命を賭けて戦う男がいるなどとは信じられません」

長髄彦は、独り言のようにつぶやいた。饒速日は長髄彦の言葉にどのように反応すべきか迷っている。意を決したようにして饒速日が口を開く。

「そのとおりです。私にも信じられません」

一旦相手の言うことに同意する。反対意見がその後に続くのだろう、饒速日の会話の常だと長髄彦は思う。饒速日は、上下に走る青黒い刺青の間の薄い眉を寄せ、話を続ける。

「彼等がこの地を目指し、海路やって来るとなると、ほぼ間違いなく上陸地点は白肩から日下のあたりとなります。少なくとも二千、多ければ五千、我等日下勢だけでは問題になりません」

長髄彦の言葉には簡単な同意で済ませ、言いたいことを言う。相手の感情を傷つけるようなことはしない。王という地位にありながら、軍事力の点では盆地内有力集落の足元にも及ばないことをわきまえている。有力首長達の気分を損なうようなことはしない。長髄彦は応じる。

「この国の政事は、国内での争いごとを無くすことを目的に行われてきました。外部から攻め込まれることを想定した組織や仕組みなどはありません。宇陀《うだ》や榛原《はいばら》から攻め込まれることなど有り得ませんでしょうし、外部からの侵略など考えたことも、議論したこともありません」

饒速日が薄い眉の間に皴を刻んで応えた。

「そのとおりです。それが問題なのです。そして時間は無いのです。これは、我等の存続に関する大変重要な問題です。明後日の会議でそのあたりの仕組みや取り決めを議論する必要があります」

「それで来られたのですか」

饒速日は頷いた。本心では、やっと理解したか、とでも思っているのだろうが決して表情に出さない。自分より若いのに、大したものだと思いながら長髄彦は話を聞く。

「彼等の一族は、私達より後に朝鮮半島から対馬を経由して渡ってきました。矛、剣、鏃などの武器はもちろん、鎧兜にいたるまで鉄製でした。言い伝えでは、だまし討ちのようにして私達先住の集落を焼き払い、住民を殺戮し、降伏した集落から土地を奪い、住民は奴婢にしました。新たに自分達の集落を建設し、周囲の集落からは年貢を取り立てました。常備軍を設置し、他国からの侵入に備える体制を築きます。そうやって勢力を強め、かつての支配国を打ち破り、筑紫一帯を全て支配下としました。今回は、私に代わって王となり、次の侵略行動のために、重い年貢を取り立てるのでしょう」

長髄彦は視線を下ろし、自分の指を見ながら考えた。

（話はもっともだ。各集落から集めた兵の指揮権を寄越せとは言っていない。防衛のための組織や仕組みを決めたところで、仮に侵略が無かったとしても実害は無い。今の状態で、二千を超える兵力に侵略されたら、あっという間に日下《くさか》は蹂躙され、大和川沿いに盆地へ侵攻されるだろう。中小の集落が個別に撃破されていき、そしてこの那賀須泥が目標となる。確かに筋の通った話だ）

目を上げると、饒速日が哀願するような目で見つめている。

（当然だろう。いの一番に彼の日下が焼き払われる。いつもの、国内の集落間の争い事とは違う。幹部達の議論の行末を待って、その結論を述べるだけ、というわけにはいかない）

饒速日から目をそらし足下を見ながら考え続ける。

（死んだ父には、王に忠誠を尽くせと言われ続けた。長い間、この体制で平和が保たれてきた。この体制を壊すわけにはいかない）

長髄彦は腹を決めた。

「分かりました。今度の会議では、動員する兵の割り当て、その配置、国内の緊急時の連絡の約束事、動員した兵の指揮系統など、そのあたりまでを決めましょう」

長髄彦は、王の言葉に具体的な内容を加えて賛意を表した。口調も王に対する丁寧なそれに変えた。

饒速日の顔に笑みが広がる。邪念のない無邪気といってもいい、心から笑みに見える。

「全体の指揮官が問題です。それを義兄上にお願いしたいのです」

長髄彦は、他の有力候補の顔を頭に浮かべた。磯城《しき》の八十梟師《ヤソタケル》、和珥《わに》の居勢祝《コセノハフリ》、高尾張《たかおはり》や層富《そを》の首長達。次々に有力集落の首長達の顔が頭に浮ぶ。自分も加える。

（誰が最も優れた指揮官かはもちろんのこと、皆が納得して従える指揮官か否かも、重要なことだ。自分は最大集落の首長だ。拠出できる兵の数も一番多い。本格的な戦の指揮を執ったことが無いのは

皆同じだ）

長髄彦は口を開いた。

「王にお願いがあります。指揮官は私が務めましょう。しかし、私がそれを自分で言いだすわけにはまいりません。明後日の会議までに、誰か、例えば鳥見比古《トミヒコ》でも、あるいは他の誰か心当たりの者に、その議論になったら私を推薦するように予め言い置いてください」

饒速日が、口の端を歪め、笑みを浮かべて大きく頷く。

「それは重要なことです。そのようにしましょう。推薦人は高尾張の阿加賀根《アカガネ》でも良いですね。いずれにせよ必ず誰か発言するよう頼んでおきます」

長髄彦は黒目の大きな瞳が印象的な丸顔を思い浮かべた。阿加賀根は妻の出身集落の首長で、妻の従兄弟にあたる。阿加賀根の名を迷いもなくあげたことから、そこまで考えてきたのだろうと思った。

長髄彦より四歳ほど年長で、中背でやや小太りの阿加賀根の容姿を思い浮かべた。

（もともと集落間の水利権を巡る小競り合いがあって、妻が輿入れしてきた。その後争いは無い。それでも、死傷者の出た小競り合いを経験した当の相手の集落の阿加賀根が自分を推薦するだろうか。しかし饒速日は自信ありげだ）

饒速日が立ち上がり、つられて立った長髄彦の両手を取った。

「義兄上、私が真に頼れるのは義兄上しかいません。よろしくお願いします」

（味方を増やすことが上手だ。小ざかしい感じもあるが、持ち上げられ頼られて悪い気はしない。地域の平和を維持するため、この王を盛り立てていく以外に道は無い）

長髄彦は饒速日の手を、力を入れて握り返した。

三

王国の幹部会は竜田で開催される。竜田は、王と常任幹部の四人の居住するそれぞれの集落からほぼ等距離にあり、凡河内《おおしこうち》（現在の大阪府東南部）から盆地に入る街道の盆地側の入り口にあたる。大和川北岸の小高い丘の上に、王国の建物が並んでいる。川岸を走る道からは、斜面に生えた松林の枝越しにその建物群が見え隠れする。そのなかのひときわ大きな高床式の建物が会議場である。新しい年の一回目の会議は、毎年、正月明け十日目に開かれる。王国の有力者が随行員を伴って集まってくる。普段は数人の留守役とその家族だけが居住するひっそりとした場所が、多くの要人達で賑わう。

初日は午後からの会議開始となっていた。前日、王の使者から言伝を受けた阿加賀根は、朝の暗いうちに出立し午前の早い時間に竜田に到着した。程なくして王が着いた。阿加賀根は一人で王の居室を訪ねた。人払いがなされ型どおりの年始の挨拶のやり取りが済んで、目と目とが合った。王が口を開く。

「今日の会議では、筑紫軍の侵攻について議論してもらいたいのです」

年上の阿加賀根に対し、王は丁寧に切りだす。

（王と一対一で話し合うのは初めての経験だ。自分を年長者として敬意を払ってくれている。なるほ

ど、弱小集落の首長の立場をわきまえている)

筑紫軍の動静は、西からの交易人等から聞き知っている。その東進も阿岐あたりまでで、そのうち止まるだろうとさほど気にしていなかったが、上道まで到達したと聞いてからは、皆で議論すべきと考えていた。王の言葉にそのとおりと頷くと、王は筑紫軍の脅威について一渡り説明した。阿加賀根は、賛成したのだからさらに説得を重ねることはないと言いたくなるのを抑えた。

「我々は、一丸となってこの脅威にあたらねばなりません。一丸となった我等の兵を誰が指揮するか、重要な問題です」

(なるほど事前の根回しか。昨日、王からの言伝を受けて何事かと考えたがそういうことか)

その候補者達の顔が頭に浮かぶ。しかし、誰にしようかという問いかけではない。王の顔に視線を据える。その顔つきは考えのあることを示している。長髄彦だろうと想像がついたけれど口に出さない。万一外れたら、王の長い説得を聞かねばならない。

王が再び口を開く。渡来人特有の瓜実顔に切れ長の目が探るように動き、右口端が引きつるように歪む。

「その指揮官は長髄彦殿が最適任と思います。いかがですか」

阿加賀根は少し間を置き、口元に微笑を浮かべる。そして、軽く首を縦に振った。但し言葉は出さない。饒速日が微笑み返す。

(那賀須泥とは、水利権を巡っての睨み合いが始終あった。それも最近では稀になり、まして剣を交えての小競り合いとなるとずいぶんと昔のことだ)

阿加賀根は年下の従姉妹が嫁いだ長髄彦を、以来興味深く観察してきた。裏表の無い、その分不器用な長髄彦は分かりやすく信頼できる同僚というのが結論だった

王がさらに念を入れるように話し続ける。

「これは重要な問題です。この問題についての議論が始まると、間違いなく磯城の一派が口を出すでしょう。そして彼等は八十梟師《ヤソタケル》を推すでしょう。それに対して長髄彦殿は、自分で自分を推すようなことは性格的にしないでしょう。そこでお願いです。阿加賀根殿に長髄彦殿を推してほしいのです。いつ言うかはお任せしますが、ぜひ阿加賀根殿に口火を切ってほしいのです。重要な問題ですので阿加賀根殿にお願いしました。ほかに頼れる人はおりません」

（なるほど、そういうことか。それにしても頼み方が上手い。断れまい。幸い長髄彦であれば納得できる。従妹が嫁いだとはいえ、那賀須泥の集落と儂の高尾張は親密ではない。過去に争いのあったことは誰でも知っている。それだけに自分が推薦者になることは効果的だということだろう。しかし、即座に確約してもつまらない。ここはひとつ、貸しを作る良い機会だ）

黙ったままの阿加賀根に、饒速日が少し早口に言葉を加える。

「長髄彦殿は間違いなく最適だと思います。人格的にも私心なく、寄せ集めの兵を率いてくれるでしょう」

阿加賀根はなおも黙っていることにした。表情を消して饒速日の顔の二本の青黒い刺青をみつめる。饒速日が右の口の端を吊り上げて依頼の理由を説明しだす。

「八十梟師が全軍を率いるとなると、その兵を己の為に使いやせぬかと不安になります。八十梟師に

は己が王になるためには、あるいは今以上の権力を手にするためなら何でもやりかねないという不安があります」

饒速日の懸命さを目のあたりにして阿加賀根は、そろそろ応じるべき頃合いと考えた。

「承知いたしました」

阿加賀根の短く力強い簡明な答えに、饒速日はみるみる相好を崩し、目じりに大きな皺を作った。

阿加賀根はその表情を好ましく感じた。

「ありがとう。助かりました。阿加賀根殿が推薦者となってくれて、不安も吹き飛びました。長髄彦殿が指揮官になってくれれば、余分な心配をせず、筑紫の脅威に対処することができます」

「王がこの働きかけをなさったのは、私のほかに誰かいるのでしょうか」

「いいえ、時間がありませんでした。昨日はよんどころない用事で集落を離れることができませんでした。長髄彦殿とは一昨日に話し合いました」

一呼吸おいて饒速日が続けた。

「阿加賀根殿にこのことをお願いすることは、長髄彦殿も賛成でした」

饒速日が視線を僅かにそらしたことに気づいた。

(嘘だ。それでもまったくの嘘ではないのだろう。しかし、それはどうでもよいことだ)

阿加賀根は出席者の顔を次々に思い浮かべた。

(長髄彦の指揮官就任に反対するのは誰だろうか。八十梟師本人に、その腰巾着の猪祝《イノハフリ》、この二人は間違いない)

最年長の居勢祝《コノセハフリ》の白髪混じりの頭の下の細面が頭に浮かぶ。

(下手に工作したらへそを曲げる典型だ)

考えがまとまらないまま阿加賀根は尋ねる。

「司会進行はいつもどおり、阿夜比遅殿《アヤヒジ》がなさるのですね」

饒速日が頷く。

「阿夜比遅殿に良く話しておいてください。全軍の指揮を誰が執るかは、明日の議論とし、今日一日は筑紫の脅威に一致して対抗するということの合意までにしましょう。して、今晩中にあと一人、あるいは二人根回しをすることにします」

「なるほどそうすればより確実になりますね」

饒速日が微笑を押さえきれないようにして、阿加賀根の顔を見ながら応じた。阿加賀根は、気を良くした饒速日の顔を見て、話を打ち切ることにした。

「他に無ければ、私はこれで失礼いたしたいのですが」

阿加賀根は建物の外へ出た。鉛色の空から小雪がちらつく。松林越しに見える葛城に連なる山肌が黒くかすんでいる。広場をはさんだ数棟の建物には王国各地から人々が到着してきている。幹部会への気楽な出席のつもりだったが、やらねばならぬ、しかも失敗できないことを背負い込んだ。阿加賀根は大きく深呼吸し、弱気を押しだすように胸の中で大きく自身に気合を入れ、頭を上げて王の居館を後にした。

四

長髄彦は開始時間ぎりぎりの到着となるように、いつもより遅く出発した。饒速日と事前に何らかの打ち合わせをしたと、他の出席者に勘ぐられたくないと考えた末の結論だ。

どんよりと鈍色の低い雲の下、強い寒風が吹いて目算が外れた。大和川沿いの道から会議場のある丘の上の門をくぐったときには、敷地内に人影はなかった。割り当てられた宿舎で略装に着替え、長髄彦は部下二人を連れて早足で会議場に向かった。長髄彦より頭半分背の低い痩せぎすの男は、八江《ヤエ》香流男《カルオ》といい財部を担当している。もう一人は頭ひとつ低いがっしりとした体つきで兵部を率い、葛根毘古《クズネヒコ》といった。

建物の入り口に続く階段を駆け上がる。扉を開け、長髄彦は一礼して部屋の中に進んだ。部屋は板敷きの縦十丈、横三丈の大きさで、明かり取りの松明が片側四箇所ずつ焚かれている。奥の僅かに一段高くなったところに置かれた床机が王座だ。その背後には王の璽《しるし》の天羽々矢《あめのはばや》と歩靫《かちゆき》が置かれている。王の席を奥の一辺として、長方形の左右両辺に当たる位置に、一丈間隔で幹部達の座る床机が並んでいた。その後ろに二つずつ、それぞれの随員のための床机が置かれている。

会議は始まっていない。室内には、いくつかの人の輪ができている。長髄彦は早足で奥に向かい、青黒い二本帯の刺青を縦に入れた饒速日に頭を下げた。

「遅くなりました。真に相すまぬことです」

「何かありましたか。先ほど到着されたと聞いて安心しました」

「出掛けにつまらぬ問題が起きまして、それで遅れました。申し訳ありませんでした」

（嘘をつくことは好きではないけれど、この場はその方が収まる。止むをえまい）

「それでは皆さん、着席ください。始めましょう」

磯城の八十梟師《ヤソタケル》が立ち上がって手を叩き、中背の体からしわがれて割れた声を張り上げた。いつもは長髄彦の役割だ。遅れたため代行してくれた、五歳年下の八十梟師に視線を向ける。目が合って長髄彦は小さく右手を上げた。八十梟師が、鰓《えら》の張った顎が特徴の顔に、僅かに笑みを浮かべて頷く。

全員の着席が済むと、奥の入り口から鳥装の祈祷師が三人入ってきた。様々な装飾品を身に着け、顔を含め全身に刺青を入れている。さらに顔と体に、石灰、墨それに朱を塗って魔除けの文様を描いている。祖先のたたりを鎮め王国の平安と豊穣を祈る、開会の儀式が始まった。

祈りが終わり祈祷師が退室し始める。王の左手に座っていた小柄で痩せぎすの阿夜比遅が腰を上げた。王の副官で幹部会の進行役を務める。王の斜め前まで進みその甲高い声を上げる。

「皆様、天候の悪い中、ご出席いただきまことにありがとうございます。これより本年一回目の幹部会を開催いたします」

年初の議題は予定されている王国共同活動と各集落個別の年間活動計画のうち、集落間に利害衝突の出そうなものについて、予め調整を行う。新田の開発、大規模な土木建築工事、それに伴う森林の伐採等について議論される。

田畑の拡張は水利権の拡大が前提となる。盆地内を網の目のように流れる多くの中小河川は、全て大和湖に注いでいる。大和川はその大和湖から龍田の隘路を抜けて河内潟へ流れる。盆地内のすべての集落は、それらの中小河川を流れる水を利用している。上流での水利用の拡大は、下流域の水不足を引き起こしかねない。稲作の生産量の増加とともに人口は増加している。増加した労働力を使用しての新田開発により、水の使用量は増加し、そして人口はさらに増加する。

水利に関する複数の難題が調整された後の議題は、出席者の疲れもあり、順調に片付いていった。微妙な時間となった。長髄彦は、今日中に全ての議題を消化してしまいたいと考えていた。饒速日王と事前に話し合いのできない時間に到着しようとして遅刻し、恥をかいた。それで肝心の件が翌日回しとなるのでは意味が無い。

阿夜比遅の誘導により、上道に対する筑紫軍の侵攻が話題に上る。王国加盟の集落の中で南東端に位置する、脯見《ほそみ》集落の猪祝が発言した。いつも人を厳しく睨みつける下三白眼に勢いが無い。

「いやはやそのようなこと、上道がどうなろうと我等に影響あるまい。これが凡河内《おおしこうち》(大阪府東南部)や紀の国のことであればともかく」

「昨年は西からの交易船の入港が少なかったのではないかな。いかがかな、阿夜比遅殿」

盆地西南に集落を構え、その東隣の猪祝とは何かと衝突することの多い阿加賀根の発言だ。長髄彦の嫁の従妹にあたる。向かい側に座っている八十梟師が何か言いかけたように見えた。阿加賀根がそれを無視して続ける。

「西からの交易人は、減ってきている。昨年は吉備、下道、上道を経由してやって来る者は皆無に近かった。影響は出ている」

阿加賀根が短慮をとがめるかのように猪祝をその大きな丸い目で見据えて、話した。

（相変わらずだ。猪祝に皆の前で恥をかかせるような物言いだ。阿加賀根も猪祝相手だと容赦が無い。ここはひとつ何か雰囲気を変えるようなことを言わねばなるまい）

長髄彦が考えていると、和珥の居勢祝が口を挟んだ。

「一昨年、下道から来た男に聞いた話だが、攻め込んだ筑紫軍は、阿岐、吉備等の兵を主力としているとのことだ。筑紫兵を主力としているのではないということらしい。降伏して年貢を納め、若干の兵役に応じるということではすませない。占領した国の兵を主力にして、またその東側の国を攻める。我等の奈良盆地が最終目標ではないかとの話だった。そのときは一笑に付したが……」

居勢祝は細面と白髪交じりの胡麻塩頭が特徴の、長髄彦より二、三歳上の有力首長である。冗談好きで、始終駄洒落をとばす。ただし公式の場などでは、深刻そうな顔で大仰な言い方をする。今回は話の内容相応の真剣な表情だった。

長髄彦は少々驚いた。筑紫の上道への侵入が、出席者の多くに深刻なことと受け止められている。長髄彦は、盆地第二の規模の磯城集落の首長、八十梟師の顔に視線を移す。八十梟師は向かい側の席から長髄彦を見ていた。視線が合うと、八十梟師は、発言した居勢祝の方へゆっくりと表情を消した顔の向きを変えていく。

「正確には記憶していないが、その筑紫軍の東進は、確か五、六年前に、周防、都怒《つぬ》（山口県東部）に上陸したのが初めだったと思う。そこから東へ東へと来て、上道へ到達したということだ。阿岐や下道辺りまでは見過ごせても、上道まで来て、そこに留まる様子が無いとなれば、我等にとって危険な存在だと認識すべきであろう」

常任幹部のなかでは二番目に若くて、唯一の女性首長である層富《そを》の新城戸畔《ニイキトベ》が、床机の背に体を預けたままの姿勢で発言した。年上の首長に対しては丁寧な女性言葉を使用するが、公式の場では他の首長達と同じ言葉を使う。新城戸畔は渡来系の血を引いた白目の多い狐目が特徴だ。

長髄彦は、新城戸畔がいつもの大袈裟で修飾語の多い物言いをしなかったことに気づいた。長時間議論してきた後の最後の議題で、中身の薄い演説を聴かされてはたまらない。猪祝が、話の切れ目に割り込んだ。

「さきほどから長老お二人が黙ったままですが、いかがお考えですか」

猪祝の視線の行方から、長老二人が必ずしも最年長者を指しているのではなく、上座に座る長髄彦と八十梟師を指していることは明らかだ。長髄彦は長老が誰を指すのか分からぬ、とでもいうかのように会議場を見回した。

(長老ときたか、儂よりも年上は二人いる。その高尾張の阿加賀根も、和珥の居勢祝もすでに発言している。最も若い鳥見比古も発言していないではないか)

長髄彦は最後に八十梟師の鰓の張った顔を見た。視線が合った。何か話したいことがあるように感じられた。小さく頷いて右手の指先を揃え、手の平を上に向けて発言を促す。八十梟師が頷き返し、視線を他の出席者に向け、しわがれ声で話しだす。

「筑紫から東へ移動してきている軍勢が上道まで来ている。そこで停止するという希望的考えを持つべきではないだろう。たとえ無駄になったとしてもそれなりの備えをすべきだろう。いかがですかな、那賀須根の」

長髄彦は頷き返し、床机の背に預けていた体を起こして顔を回し、上座の王に目礼してから口を開いた。

「今、八十梟師殿が言われたとおりと思う。上道にいる筑紫軍が危険か否かについて議論すべき時期ではない。近いうちにこの国へ侵入してくるという前提で議論を進めるべきだ」

無駄な議論を打ち切り、このあたりで採決にした方が良いと加えて話を切った。居並ぶ幹部達の顔を、時間をかけて見回す。視線をそらしたり、まして首を振ったりして反対の意思を表している者はいない。左後ろ、阿夜比遅の方に顔を向け、顎を少し突きだして催促した。

阿夜比遅が二歩進み出て右手を上げる。

「皆様、上道にいる筑紫軍に対し備えをするということで、王にご裁可いただきたいと考えますが、よろしいでしょうか」

すばやく出席者の顔を見回し、上座の饒速日王に体の向きを変え、姿勢を正す。

饒速日が、阿夜比遅の上申の言葉を待たず顎を引き、意識した重々しい低い声を出す。

「かつて無い危険な事態であり、十分な備えが必要と思う。さらに時間をかけ、議論を進め、この国を筑紫勢から守るに十分な備えの計画を固めてほしい」

出席者の全員が頭を下げ、敬意を持って饒速日の言葉を聞いている。

さらに、阿夜比遅から会議を続行するか否かの問いかけがあり、宴会好きの鳥見比古からの提案で、議事は打ち切られた。長髄彦が続行を提案する間はなかった。会議は明朝からの再開となり、場所を変えての宴となった。舌打ちしたい気分を抑えて、長髄彦は立ち上がった。

五

宴席が準備されている別棟へ行くために、戸外へ出た。厳冬の厳しい寒気が肌をさす。阿加賀根は着衣の合わせ目を閉じた。会議の間に、空を覆っていた雲は消えている。見上げた夜空に冬の星座が瞬き、その存在を主張していた。

目の前を進む背中は居勢祝の怒り肩だ。顔を見ずとも間違えることは無い。その右側を並んで進む猪祝が身振り手振りで話しかけている。時折、居勢祝が頷く。阿加賀根は聞き耳を立てるが、猪祝の声は透き通るような寒気の中にしみ込んで聞き取れない。

「それにしてもこの冬はまことに厳しい。雪の多い厳しく寒い冬は、秋の豊作の前兆と言います。そのとおりだと良いですな」

いつの間にか左後ろから八十梟師が並びかけてきて、しわがれ声が耳に入る。

(眉間には三本の横皺が刻まれているのだろう。鰓の張ったその顔に深刻そうな表情を浮かべて話しかけてきたのだろう。相変わらず大げさな話し振りだ)

話しかけを無視するわけにもいかず応じる。

「いかにも。きっと良い実りの秋を迎えられるでしょう」

「ふむ。ところで筑紫の脅威について饒速日王はどのようにお考えなのでしょう」

(お考えは、つい先ほど明確に口にされたではないか。何をいまさら)

阿加賀根は八十梟師の言葉の真意を知りたくて、黙ったまま首を左に向けた。別棟の入り口に架けられた松明に照らされて八十梟師の鰓の張った顎がある。むずかしそうな表情をして顔を僅かに傾けている。狭い額の下の眉間には横皺が刻まれている。それが八十梟師の顔の特徴で、彼以外に、眉間に縦ではなく横に皺を刻む男を阿加賀根は知らない。

「筑紫の侵攻に備えねばならぬ、ということではないのでしょうか」

阿加賀根は他に考えも浮かばず、当たり障りの無い内容で応じた。

「貴殿は、王から直接何かお聞きになったのではないですかな」

八十梟師から柔らかい口調で尋ねられて、合点がいった。

(なるほど、この男は儂が王と二人で話し合ったことを知っているのだ。その話の内容が知りたいのだ。あるいは、それを知っているということを意思表示しているのだ。自分の陰でこそこそするな、何でも知っているぞ、と言っているのだ。余分なことは言うまい)

「上道にまで到達した筑紫勢を軽視してはならないということでしょう」

答える阿加賀根の横を鳥見比古が通り抜けていく。阿加賀根は、失礼と八十梟師に断って鳥見比古を追いかけた。追いついて鳥見比古の肩を抱くようにして小さな声を出す。親御殿はお元気かと声を出す。話しかける相手は、八十梟師以外なら誰でも良かった。

そのまま建物の中に入る。明かりの灯された室内中央に簡素な卓があり、上には食物の乗った皿、粥の入った浅鉢、そして酒壷と杯が並べられている。

肩を並べて入室した鳥見比古からの、返答を聞く振りをしながら阿加賀根は周囲を見回した。不安そうに阿加賀根を見る饒速日の視線に出会う。阿加賀根から見て左手奥になる。饒速日に背を向けて長髄彦がその部下達と言葉を交わしている。別の場所では新城戸畔が、両手を振り振りなにやら演説している。聞き役は新城戸畔の随員に猪祝だ。

（新城戸畔の層富の集落と、猪祝の臍見集落は盆地の南北に離れている。利害関係はほとんど無いはず。危険な組み合わせだ。猪祝は八十梟師のための事前工作をしているのだろうか。新城戸畔を取り込まれてはまずい。後で行ってみよう）

会議出席者の全員が別棟にそろって、阿夜比遅が発声し、開宴となる。この数年の不作を反映してか、盛られた食べ物は貧弱な感じがしないでもないが、酒は十分だった。

饒速日の開会の辞が続く間、阿加賀根は考える。誰にどのように話そうか、誰に話さないでおこうか、出席者の顔を見回しながら考えた。猪祝の下三白眼と目が合った。阿加賀根の高尾張集落とは隣接していて、昔から何かと揉め事が多い。猪祝の臍見集落がすぐ東北に接する大勢力の磯城と敵対して、集落を維持していくのはつらい。猪祝の臍見集落は代々、磯城とは従属に近い同盟関係にある。猪祝は間違いなく八十梟師のために動くだろうと思った。

饒速日の話が終わり、全員での乾杯の発声も済んで、阿加賀根は鳥見比古の肩を軽く叩き別れを告げた。若く陽気な鳥見比古が笑顔で会釈を返す。部屋の奥へ数歩進むと、すぐ左手に饒速日と長髄彦を囲む輪ができていた。饒速日と目が合う。

（頼みますぞとでも言っているような視線だが、無視することだ。下手な目くばせでもして八十梟師達に感づかれてはまずい。饒速日は不安に感じるかもしれぬが、明日になれば自分が誰の味方か明ら

かになる)

その脇で、長髄彦が熱心に何か話している。

(相変わらずだ。まわりの人間は、長髄彦に全軍の指揮官となってもらうために苦労しているというのに、当人は気持ちよく演説している)

さらに人ごみを掻き分けて進む。ようやく阿加賀根は新城戸畔と猪祝のいる輪にたどり着いた。先ほどとは攻守を代え熱心に喋っていた猪祝が、額に三本皺を刻み、話を振ってきた。

「これはこれは、ご無沙汰です。奥方やお子達は息災ですかな」

(先ほど会議で恥をかかせたというのに。確かに自分達は大人だ。子供ではない。集落を治める首長だ。あの程度の争い事を根に持って人前でいがみ合ってはならない。それに、猪祝は自分が八十梟師を支持することに望みを持っているのかもしれない。期待するのは当然だろう。長髄彦の集落とは昔から水を巡って小競り合いを繰り返している)

考えが次から次と頭に浮かぶ。阿加賀根が、手にした杯の酒をすすりながら肯定の笑顔を返すと、猪祝は新城戸畔に向かって話を再開した。

「このようなご時世ともなれば、何時、外の世界から攻撃されるやもしれぬ。いつ流行病にやられて命を失うかもしれぬし、子等が命を失うやもしれぬ。我等は首長じゃ。子を残さねばならぬ」

「いやはやまったく弱りました。私に子が二人しかいないことできびしく責められています。できぬものは仕方ないでしょう。殿方と違って、私は子を産まねばなりません。大変なことです。どう思われますか、阿加賀根殿」

新城戸畔が助けを求めてきた。渡来人の血を引いている狐目の新城戸畔の顔を見ながら、それでも若い頃は結構な美人だったかもしれぬ、などと、考えが浮かぶ。それを打ち消して、阿加賀根はこの場の雰囲気を壊さない、何か気の利いたことを言わねばと考える。うまい答えは浮かばない。阿加賀根には正妻に三人、他に五人の子がいる。深い考えなしに発言する。

「それはそれは、子を作る以前に男を好きにならねばならぬ。新城戸畔殿は男を遠ざけて、政《まつりごと》に熱心すぎるのではありませんか」

（つまらぬ。もっと気の利いたことがなぜ言えないのか）

阿加賀根は軽い自己嫌悪に陥る。酒のすすんだ猪祝が横から口を出す。

「どうもそのようでもないらしいですぞ。ひょっとして新城戸畔殿、つれあい殿に原因がおありかな。子の作れぬつれあい殿に遠慮されておられるか。それでは何処ぞの誰かと同じではありませんか。そのような小っこいことでは人の上には立てませぬぞ。のう、阿加賀根殿」

（なるほど。何処ぞの誰かが長髄彦を指しているのは明らかだ。いや、饒速日王を指しているのかもしれない。あるいはその二人なのか。巧妙に長髄彦を誹謗している）

新城戸畔も苦笑している。何処ぞの誰かがその二人のいずれかを指していることを承知の上の苦笑だと、阿加賀根は思った。すぐに口を挟む。

「いやいや。そのことと、人の上に立つことは別次元のことであろう」

「それはそれは、驚きです。阿加賀根殿までそのようにおっしゃるとは。上に立つ者には清濁併せ呑んでもらわねば困る。人間が小っこいとそれができぬ。もっと大きくなっていただかねば。それが無理なら大きな方と代わってもらわねば。のう、新城戸畔殿」

猪祝の言葉の間、阿加賀根は、顔を笑顔のまま、しかし横にゆっくりと振り続ける。阿加賀根は、酒の酔いで鈍りがちの頭で考えた。

(ここは笑顔を見せたままで、賛成できないとの意思表示だけにしよう。新城戸畔も応対に困っているような表情を浮かべている。猪祝の言葉の意味が分かっているのに違いない)

「子をたくさんお持ちの、大きな阿加賀根殿、同意されるであろう」

阿加賀根が首を横に振っているのを無視して猪祝が話し続ける。言葉とは裏腹に猪祝は阿加賀根を見ずに、新城戸畔を見たままだ。

「いやいや、猪祝殿は、子の少ない新城戸畔殿が小っこいと言われる。それはなかろう」

阿加賀根は答えた。うまい科白だと思っていると、新城戸畔が応える。

「猪祝殿はまるで見てきたようなことをおっしゃる。阿加賀根殿のお子はびっくりするほど大きいのですか。何処ぞの誰かのお子はそんなに小さいのですか」

話しながら新城戸畔は自ら笑いだし、つられて二人も笑いだした。猪祝が言う。

「持ち物の大小ではござらん。儂は、小っこい人間の下に入ることだけは願い下げにしたいと……」

猪祝は話しだしてすぐに言葉を呑み込んだ。視線の先に杯を手にした長髄彦が立っている。

「ずいぶんと話が弾んでおられますな。何の話ですかな。筑紫への対策についての議論ですかな」

(相変わらず真っすぐだ。筑紫の話でこのような笑い声が起きるはずなど無いではないか。この辺がこの男の限界なのだろう。それでも全王国軍を率いていくのに、この真っすぐさは欠点とはなるまい。

弱点は、我等が補佐すれば済むこと）

阿加賀根は猪祝の顔を見る。猪祝も二の句が告げない。

「いえ、猪祝殿と儂の二人で、新城戸畔殿に子の作り方を教えて差し上げていたところです。のう猪祝殿」

「そうそう、ちと小用を足しに失礼します。いやはや、ちと呑みすぎたようです」

猪祝が頭をかきながら去った後は、当たり障りの無い話に終始した。阿加賀根は、明らかに八十梟師側の猪祝が、にこやかに新城戸畔や自分と話し合っているのを見て長髄彦がやって来たのだと推測した。新城戸畔の長髄彦に対する態度を見て、心配するには及ばないと思った。胸の中で結論が出ると、朝の早かった阿加賀根は急に疲れを覚えた。

それでもしばらくの間、二人の話に適当に相槌を打ちながら酒を飲み続けた。時間の経過とともに部屋の中の人は減り続け、宴会も自然解散となった。阿加賀根も二人に別れを告げ、さらに残っていた最長老の居勢祝に挨拶して建物を後にした。酔いが回って火照った体に、戸外の真冬の寒さはきつかった。見上げれば三ツ星が輝いている。

六

建物に吹きつける風の音と寒さで、目が覚めた。丸太を組んだ壁の隙間から、夜明け前の薄暗がりが感じられる。部屋の中央の囲炉裏の火はすっかり消えていた。誰も起き上がる気配は無い。寝ている他の男達に配慮して、長髄彦はそのままでいることにした。

(皆、素直に可能な限りの兵を出すだろうか。全軍の指揮を自分が執ることに反対するのは誰だろうか。賛成してくれるのは誰だろうか。誰が推薦してくれるのだろうか。自らが名乗り出るようにならないとよいが。他に誰か名乗り出る者はいるだろうか。八十梟師は、そして猪祝はどうだろうか。阿加賀根が推薦してくれるというのは本当だろうか。筑紫勢に勝つためにはどうすべきだろうか。水際で叩くべきか、奥に誘い込んで叩くべきか、どちらがよいだろうか)

考えが次々と頭に浮かぶ。隣に寝ているはずの、三歳下の八江香流男の起きだす気配を感じて、長髄彦は考えを打ち切った。寝入っている他の男達に気を使いながら、屋外に出る。あたりはすっかり明るくなっていた。八江香流男が後に続いてきた。長髄彦の子供時分からの遊び仲間であり、忠実な部下だ。体を動かすのは得意としないが、数字には強い男だ。

思い切り背伸びする。朝の冷気が肌を刺激する。

「日差しがあるから日中は少し楽かもしれぬ」

「そのとおりです。久し振りの冬晴れです。今日の議事がこの空のように、揉めないで順調に行けばよろしいのですが」

長髄彦は頷いて辺りを見回した。盆地の南東の山の端から、冬の弱い朝日が顔を出している。長髄彦は身震いし、両の手の甲をこすった。松の枝の隙間から射し込む陽を浴びて、そこかしこで、会議の参加者や随行員達が、朝のきまりを淡々とこなしている。長髄彦と八江香流男の二人も、置かれた水瓶の氷を割って、顔を洗い、口をすすいだ。

「昨夜の筑紫勢の件についてどう思ったか」

「はい、実はいささか驚きました。遠い国の話と、この国への侵入など考えてもいませんでした」

相変わらず正直な男だ。長髄彦は、八江香流男のこの性格が好きだった。

(己の考えの足りていなかったことを素直に認める。多くの男達は、知っていたと嘘をつく。己を低く評価されないための嘘だ。その程度の嘘は経験をつんだ、上に立つ人間に簡単に見破られる。そして信頼を失う)

「それが正直なところだと思うし、儂もそのように思っていた。ところが、昨夜は違った。皆が筑紫の脅威を明日のことのように話していた。それ自体は正しいのだろう。なぜ我等が知らず、皆が知っていたのか、それが解せぬ。彼等のところに筑紫から接触があったのだろうか」

外へ出てきた葛根毘古が挨拶してきた。長髄彦は右手を上げてそれに応え、ついで、長髄彦は、二人に先に行く、と告げて朝餉が用意されているはずの会議場横の建物に足を向けた。歩きだして間もなく、後ろから女性の声がかかった。歩みを緩めて振り向くと、層富の女性首長新城戸畔が追いついてきた。

「昨夜はよくお休みになれましたか。随分と冷え込みましたが」

新城戸畔が丁寧な口調で、並んだ長髄彦の顔を見上げるようにして話しかけてきた。長髄彦は再び歩きだしながら顔を横に向け、長髄彦の胸の高さまでも背丈のない、狐目の女性首長に答えた。

「筑紫のことが気になってなかなか眠れなかった。お主は早くから筑紫の動きに注意を払っていたようだが」

眠れないなどということはなかったけれど、会話を和やかなものにするため、冗談のような小さな嘘を口にした。新城戸畔はまともに受け取ったのか、間髪いれず、早口で答えた。

「左様ですか。阿加賀根殿と同様に交易人から聞きました。筑紫勢は鉄製の武器武具を装備していると聞いています。半島の弁辰（朝鮮半島最南部地域）あたりから入手しているようです。従えた属国の兵士にも矛、剣、鏃などの武器は鉄製のものを与えているそうです」

「よく知っているな。たいしたものだ。どこの交易人だ」

「筑紫が阿岐に侵入した頃、それまで始終訪ねてきた大島の交易人の来訪がぱったりと止みました。下道への侵入が終わってようやく顔を見せました。そのときには筑紫に従っていて、私にいずれ筑紫が大倭を攻めるであろうこと、そのときに内応することを強く勧めてきました」

（やはりそうか、考えはあたっていた。内応を勧めに接触してきているのだ。新城戸畔以外にも接触してきているのだろう）

新城戸畔が早口で続ける。

「その後も来る度毎にしつこく勧めてきます。最近では、侵攻が始まってからでは遅い、その前に決断しろ、などと脅してきました。その者の話ですから大きく誇張しているとは思いますが、兵の数、装備、軍船による素早い移動等、我等にとり大変な脅威であることは確かで、間違いないようです」

長髄彦は反省した。王国と集落の内政に力を注いで、外部の動きに興味を持たなかった。外の人間との接触を、面倒と避けてきた。部下達にまかせきりだった。自分がそうだったから八江香流男や葛根毘古もそれに習っていたに違いない。上に立つ人間が関心を払わないことに、注力する部下は滅多にいない。不足している部分を自ら認識して、それを補完するような部下を選ぶなり、部下に指示するなりをしなければ穴はあく。父親に聞いたことがあるような気がすると長髄彦は思った。

「今回、阿夜比遅殿が筑紫の話をはじめられましたが、そうでなければ私から問題提起をするつもりでした。内応の働きかけは私にだけということはないと思います。他の首長にも多かれ少なかれ、必ずあると思います」

生駒の東側の層富の新城戸畔に対して働きかけがあるのであれば、盆地への南からの入り口にある高尾張の阿加賀根や、あるいは磯城の八十梟師に対してあってもおかしくない。日下の饒速日に対してはもちろんだ。上道にいる集団がこの国を標的にしているのは、どうやら間違いないようだ。

「侵入を前提にしてかなりのことを、決めておかねばならぬな」

「おっしゃるとおりと思います。さほど時間の余裕は無いと思います」

いつの間にか新城戸畔の早口は納まっていた。

「今日の会議でのお主の協力、期待するぞ、よろしくな」

新城戸畔が重大な決意を表明するかのように大仰に頷く。その反応を見て長髄彦は、自分の言葉の予想以上の反応に驚いた。若いとはいえない女首長の笑顔が愛らしく見える。新城戸畔と行き会った朝の偶然が、自分に自信を与えてくれた。頭の中は回転し続ける。これまで、王国を維持していくということ以外には、共通の利害を持つことのなかった新城戸畔が、信頼できる同僚となった気がした。

二人で並んで建物の中に入る。春の野草を煮た粥のにおいがする。長髄彦は、話に夢中となって忘れかけていた空腹を、思いだした。数人の首長達が、ある者は壁際の床机に腰を下ろし、ある者は立ったまま、手に木製の椀と箸を持って粥をすすっている。座っている八十梟師の前で、猪祝が小太りの体の背を丸めている。

新城戸畔が、大声で部屋の中の首長達に朝の挨拶をする。皆の視線が一斉に二人に集まって、長髄彦は止むをえず小さな声を出す。

部屋の中央で囲炉裏にかけた煮炊きの器から粥を椀に掬ってもらった。壁際まで進んで床机に腰を下ろそうとすると、阿加賀根が寄ってきた。

「お早うございます。昨夜は遅くまでお疲れ様でした。それにしても冷えますな。奥方はご健勝ですか」

妻は、阿加賀根の従姉妹にあたる。那賀須根と高尾張の中間にある複数の小集落の帰属と水利権を巡って揉め事が発生したとき、その手打ちの一つとして、人質のようにして嫁にやって来た。

「子供も大きくなって生意気盛りです。少々手を焼いているようですが、元気にやっています」

集落の規模は那賀須根よりも小さいけれど、年長の阿加賀根に対して、長髄彦は丁寧な口調を使うことにしている。

「小さい頃からお転婆で、村の悪童達と走り回っていましたが、明るかった。いい嫁になると思っていました」

阿加賀根が身体を寄せてくる。

「儂はお主が全軍の指揮官になるべきと考えている。応援しますぞ」

長髄彦にとって突然の言葉だった。表情を変えぬようにする。

上げかけた椀を止めて阿加賀根の顔を見ると、黒目の大きな丸い目の目尻に皺を刻んで微笑を浮かべている。そのまま小さく頷いて阿加賀根は背を向けた。

(その微笑は何なんだ)

長髄彦は、椀を口に持っていきながら周囲を見回す。壁際の床机に腰を下ろした八十梟師と、その前に立つ猪祝の二人の視線に気づく。二人そろって爬虫類のような濡れた目と無表情な顔をしていた。

七

猪祝が額に三本の横皺を刻んで八十梟師の前に立っている。阿加賀根には、昨夜、共に杯を傾け与太話に興じた同じ男には見えなかった。

(それにしても新城戸畔には驚かされた。狐目に背を押された。そうでなければ、長髄彦に自分が味方であると、意思表示するようなことはしなかったかもしれない。先ほど長髄彦と肩を並べて入室したときの晴れやかな顔と、大声での朝の挨拶は、まるで長髄彦とともにいるところを見てくれ、とでも言っているようだった。今朝は長髄彦を待ち、偶然を装って一緒にやって来たのだろう。ま、味方が増えたわけだし、声が大きく女性で何かと目立つ新城戸畔が味方だとやりやすい)

会議が始まった。阿加賀根は、いよいよだと自身に言い聞かせた。(この会議で長髄彦の那賀須泥集落を王国の盟主として認めることになる。自分の高尾張集落は那賀須泥集落に従属すると宣言するようなものだ。集落が生き残るための最善手だ、やむをえない。それに、長髄彦の方がはるかに、爬

虫類の目を持ち眉間に横皺を刻んだ嗄《しゃが》れ声の八十梟師より信頼できる）

昨日と同様に阿夜比遅が進行役を務めた。最初に、筑紫の想定される侵攻路について意見が交わされた。海路を進み河内潟最深部、日下近辺か東北部白肩近辺での上陸を想定する意見が多く出た。紀ノ川を上る進入路を阿加賀根は指摘したが、紀ノ川から盆地まで距離があり、幾つかのそれなりの勢力が存在することから、味方の準備のための十分な時間が取れるとして参考意見とされた。

白肩に上陸の場合は、木津川経由で盆地北方からの侵入が想定され、日下の場合は、大和川に沿って陸路、竜田を経由しての侵入が有力とされた。白肩、日下、いずれの場所にも集落はあるものの、三十人前後の男達が守りに就けるだけだ。竜田にいたっては丸裸だ。活発な意見交換がなされる。

阿加賀根は発言者を見回した。発言の回数はただ一人の女性である新城戸畔が多いが、議論を先導しているとまではいえない。長髄彦は腕を胸の前に組み、黙ったままでいる。

その長髄彦が口を開いた。皆が視線を注ぐ。敵を盆地へ入れない、可能な限り上陸地点で撃退する、ということが総意のようだと長髄彦が述べた。侵入路についての議論は終わる。白肩、日下、そして竜田の三箇所への兵の増強と、新たな配備が議論されていく。王国にも、各集落にも常備兵は僅かしかいない。民の納める租が僅かなのだから当然だ。冬の間はかなりの兵を出せても、春になり畑仕事が始まれば、その作業に従事するため男達は引き上げねばならない。

阿夜比遅が、下座に席を占める首長から、拠出可能な兵の数を聞き始めた。阿加賀根は思った。

（阿夜比遅ごときが、そのような聞き方をしても十分な数は出まい）

案の定、僅かな数しか挙がらない。途中まで進んだ状況から推測すると、全体でも二百がせいぜいだ。

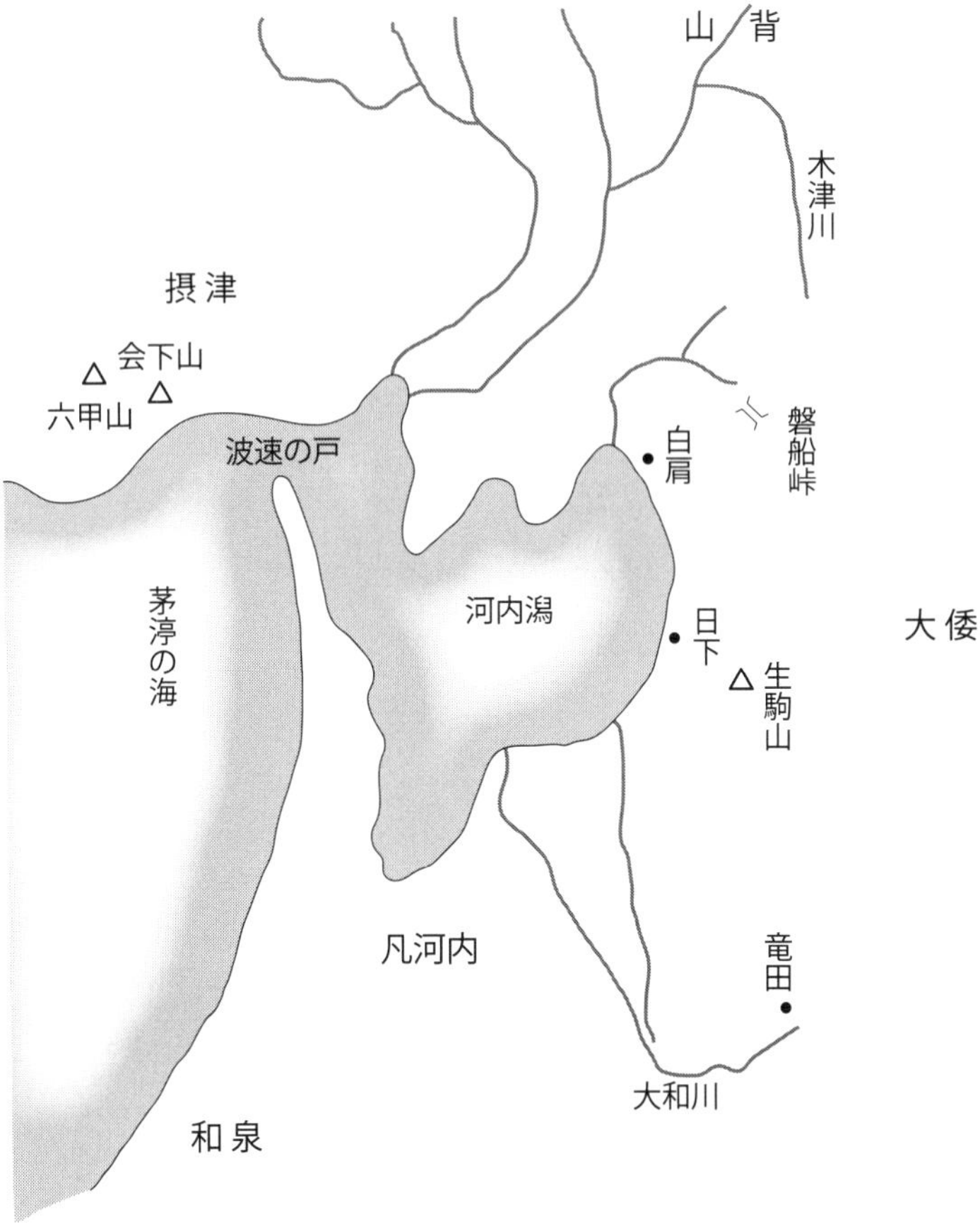
山背
木津川
摂津
会下山
六甲山
波速の戸
白肩
磐船峠
茅渟の海
河内潟
日下
生駒山
大倭
凡河内
竜田
大和川
和泉

長髄彦が口を挟んだ。

「阿夜比遅殿、来襲する筑紫勢はどのくらいの規模が予想されるのだろうか」

その言葉に阿加賀根は感じ入った。

(なるほど上手い言い方だ。真っ直ぐ過ぎるところの多い人だが、こういうところの機転はたいしたものだ。体が大きいだけでは無い)

同じ思いを持った阿夜比遅が、喜びを押し殺して応える。

「二千から四千と思われますが、どなたか他にご意見は」

長髄彦の助けを得て阿夜比遅の声が力強い。

阿加賀根は饒速日に頼まれたからとか、長髄彦に味方することが集落にとって有利に働くからといった理由からだけではなく、長髄彦が全体の指揮官として最適なのだと思えることを喜んだ。

「敵の主力が海路を来る場合は少なくとも二千から、多くとも三千、陸路であれば海路と合わせて四千から五千といったところでしょう」

新城戸畔が目尻に皺を寄せて応じる。長髄彦が再び口を開く。

「三千とすると、地の利があるとしても我等は相当な数を揃えねばならない。もっとも、盆地の中に敵軍を引き込んでから決戦を挑むという戦略であれば話は別だが、水際で防ぐ、それが失敗しても竜田で防ぐ、すなわち盆地には断じて敵軍を入れないというのが、先ほど確認したように我等の議論の結論だと理解しているが」

長髄彦が、出席者の顔を睨み付けるように見回す。長髄彦の向かい側、一方の上座に座る八十梟師は腕を胸の前で組み相変わらず爬虫類のように無表情で、長髄彦の顔を見ず下座の方へ視線を向けている。

（いいぞ、長髄彦がこの場を仕切っている。議論の行方を制御している）

「儂の那賀須泥は三百出す。ただし、事が起きずに四月となったら半分を引き上げる」

長髄彦は発言して斜め右後ろに控える部下の葛根毘古を見る。葛根毘古が腰を浮かし、長髄彦の耳元でなにやら囁く。

「三百五十出す」

長髄彦が訂正した。

「層富は二百五十出す」

新城戸畔が身を乗りだすようにして、低音だけど間違いない女性の声で発言した。阿加賀根は、遅れてはならないと思った。急ぎ暗算する。

「高尾張は二百三十だ」

「磯城は三百出せる。条件は那賀須根と同じだ」

八十梟師が下座に座る非常任の幹部達を見ながら言った。その発言を聞きながら阿加賀根は安堵した。

（間に合った。良かった。八十梟師に遅れての発言ではうまくない。八十梟師にしたがっているようにとられかねない）

「先に答えた数を変更できるのではないかな」

八十梟師に促されて下座の首長達も、長髄彦や八十梟師の挙げた数字に見合った数に修正し始める。出席している首長達の挙げた数字だけで千五百を超えそうな勢いとなった。

最後に残された鳥見比古が、全員の視線を集めた。顎を引き、眉を上げ、狭い額に数本の縦皺を刻んでまっすぐ長髄彦の顔を見つめて口を開いた。上司に対する部下の素振りのように阿加賀根には見えた。

「私の集落は盆地の北西端にあります。敵が白肩に上陸し、北から盆地へ入る道をとった場合、木津川経由でも、あるいは磐船の峠を越えてきても、最初に攻撃を受けるのが私の集落となります。それで先ほどは少ない数を申し上げました」

長髄彦が鳥見比古の顔を見ながら小さく頷く。鳥見比古がそれを見て安堵したように再び口を開く。

「我等の取る戦略が水際で敵を叩くということが明確であれば、私は二百五十の兵とともに白肩を守りたいと存じます。もしも、敵船団が白肩を通過し日下へ向かったなら、陸路その後を追って日下へ駆けつけます」

鳥見比古が長髄彦の顔を見ながら話しているのを見て、阿加賀根は思った。

(鳥見比古も長髄彦を認めている。これは楽だ。あとは口火を切ることだけだ)

阿加賀根は、話の内容に考えを戻す。日下から白肩までの河内潟東岸の地形を思い浮かべる。鳥見比古の話は悪い考えではないと思い、続けて暗算に移る。鳥見比古の約束した二百五十の兵にこの場にいない首長達の集落からの兵を合わせると、二千を超えて二千五百に僅かに足りない数となる。

出席者の発言が済んで、阿夜比遅が数字を集計している合間に長髄彦が発言した。

「兵を分散しても意味は無い。せいぜい三箇所であろう。日下と白肩で千五百、残り千余りを竜田に配置するということではどうであろう」

長髄彦が出席者の顔を見回す。そして皆がそれぞれに賛意を表すのを確認し、話を続ける。

「儂と那賀須根の兵は日下を守る」

「磯城兵は竜田を守る」

八十梟師がすかさず意思を表して、出席者の間に漣のように小さなざわめきが広がる。

(長髄彦が全軍の指揮を執ることがもっとも自然なことだと皆が感じている。会議の始まる前に、新城戸畔の行動に促されたとはいえ、直接長髄彦に支持の意思表示をしておいたことは賢明だった。この会議の最中に、あるいは終了後に意思表示しても、いかほどのもので無い)

長髄彦が話しだした。

「後は、先に挙げた数字となるようそれぞれが何処に兵を出すか、地理的なことを考慮して、随行の兵部担当の者達で決めればよい。ついでに集合日時をそこで決めてくれ」

阿夜比遅が承知と返事して、さらに続ける。

「全軍の指揮官を決めねばならないと思います。何方か何か意見はありませんか」

阿加賀根は虚を突かれた。突然その時は来た。皆、口をつぐんだ。阿加賀根は、まず長髄彦を見てそして八十梟師を盗み見る。長髄彦が床机の背もたれに、体をゆっくりと戻していく。向かい側で八十梟師が、腕を胸の前で組んで目を閉じた。相変わらず眉間には横皺が刻まれている。沈黙が流れる。阿夜比遅が出席者の顔を見回してその目を阿加賀根に据えた。

明かり取りの窓を覆っている小枝で編んだ扉の外を、風が音を立てて通り過ぎてゆく。風邪でも引いている者がいるのか、鼻を啜る音や遠慮気味の咳払いが部屋の中に響く。

（止むをえまい。この時機を逃しては、会議の始まる前に長髄彦に支持表明をしたことも消えてしまう。発言せざるをえまい）

阿加賀根は肘を折ったまま挙手し、意識してよく通るように低い声を出す。

「儂は長髄彦殿を推薦したい。一番多くの兵を拠出されるし、日下に詰めて王の傍に居られるのは全軍を指揮するに都合が良いと思う」

「八十梟師殿に指揮を取っていただくのがふさわしいと思う」

阿加賀根の言葉に被せるように猪祝が声を上げた。

（このデブ野郎）と思うと同時に、一瞬の差で先に発言できたことを安堵する気持ちが湧く。阿加賀根は精一杯、額に横に三本皺を刻んで言葉を続ける猪祝を睨みつけた。

「八十梟師殿は宇陀や榛原《はいばら》との争いから兵の指揮に慣れておられるし、兵法を学んでおられる。今回の指揮官選びは、能力的に、かつその経験を考えて誰が適任かで選ぶべきだと思う」

猪祝の発言に対し、女性首長の新城戸畔が甲高い声を上げた。阿加賀根は気づいた。

（大概の場合、低音で発言するのに、声の調子が変わっている。かなり緊張しているに違いない）

「長髄彦殿が能力的に適任ではないと言わんばかりの、只今の猪祝殿の意見は少し、いや、かなりのところ行き過ぎであると存じます。私は長髄彦殿を推したい。常に冷静で居られ、何が大切かを少しも見失わない。先ほどの議論でも水際で敵を叩くべきと、我等に思いださせてくれ、皆も従った。我等を率いて筑紫と戦う指揮官として最適であると存じます」

（言うべきことを全て新城戸畔に言われてしまった。それでも推薦の口火を切れたことで満足すべきだろう）

阿加賀根は議論の行く末を見守ることにした。

続いて鳥見比古が新城戸畔の発言を支持した。さらに猪祝と新城戸畔の二人の間に推薦の言葉の激しいやりとりが再開する。双方とも譲らない。猪祝が下三白眼をむきだし新城戸畔を威圧する。新城戸畔は、腕を振り振り、口角泡を飛ばすように大声を上げて応酬する。少しやり過ぎだと阿加賀根が感じ始めたとき、阿夜比遅が半歩進み、両者を隔てるように両手を広げ、残った二人の非常任幹部に意見を求めた。二人とも、どっちつかずの、当たり障りの無い意見を述べたが、猪祝と新城戸畔の論争が再開することはなかった。

長髄彦と八十梟師の二人は沈黙を守っている。ここで発言し、自薦の言葉を述べるのは必ずしも効果的ではないと考えているのだろうと阿加賀根は推測した。

皆の視線が、常任幹部で最長老の居勢祝に集中しだす。居勢祝はまだこのことについては立場を明らかにしていない。居勢祝が、議論の当事者である長髄彦と八十梟師の二人を無視するかのように、困惑の表情を浮かべた司会役の阿夜比遅を見つめる。続いて顔を下に向け、握りこぶしを口に当てて咳払いをした。再度、皆が居勢祝に視線を据える。居勢祝は胡麻塩頭の下の顔を戻し、胸をそらし、そして声を出した。

「二人で話し合って決めてもらいたいがそうもいかんだろう。代わって儂がなっても良いが……」

誰も何も反応しないことを確かめて、居勢祝は少し口元を歪めて話を再開した。

「ためしに言ってみただけじゃ。饒速日王にご決済を求めるわけにもいかん。我等が兵の配置は日下、白肩の河内潟沿いと、竜田の守りの二手に分かれる。そこで儂の提案は海岸の兵を長髄彦殿に、竜田の兵を八十梟師殿にそれぞれ指揮してもらう。双方を合わせた全軍の指揮を、いずれの方にかと決めてしまわずともよいと思うが、いかがであろう」

（なるほど、痛みわけか、結論の先延ばしか）

長髄彦が向かい側の八十梟師の顔を、この議論が開始されて初めて見ている。八十梟師は、二重の黒目がちの湿り気の多い蜥蜴のような目で、長髄彦を見返す。どうしますか、とでも長髄彦に尋ねているかのように阿加賀根には見えた。

長髄彦が、ここでも主導権を発揮して先に結論を示すべきだと考えたのか、八十梟師へ向かって呼びかけるように声を出した。

「磯城の、筑紫勢を一歩たりとも盆地へ侵入させぬよう、ともに頑張りましょうぞ」

先を越されて八十梟師が、一瞬、たじろいだように見えた。出席者が見守る中、八十梟師が長髄彦に向かって頷いた。続いてその顔を阿夜比遅へ向けて割れた声を出す。

「王の御決裁がいただけるのであれば、この八十梟師、身命を投げ打って竜田を守りましょう」

いつまでもいがみ合いのような議論が続くよりはと皆思っていたのだろう、会議場には、急速に安堵の雰囲気が広がっていく。

阿夜比遅が饒速日王に言上し、決裁が降りた。最後に饒速日が壇上から閉会の言葉を述べて、幹部会は終了した。

続いて、兵部を担当する随行員による具体的な手はずが決められる。狼煙、早駆けによる連絡網の確認。兵の三箇所への割り振り。構築すべき防御設備。作業に必要な人員、資材、道具類の割り当て等の事務的だが重要な事柄が決められる。

首長達が、それぞれの兵部担当責任者を残して席を立つ。阿加賀根が戸外に出ると風はおさまっていた。澄んだ大気に日差しがまぶしい。北西の空から流れてきた千切れ雲が浮かんでいる。日差しが、背中にあたる。上気した頬に寒気が心地よい。

背中から声をかけられた。振り返ると阿夜比遅の部下が立っている。

「ご相談いたしたいことがあると王がおっしゃっておられます」

（礼の言葉を述べたいということだろう。そんなことはどうでもよい。はっきりと記憶しておいてくれればそれで十分だ）

「今すぐにかな」

阿加賀根は問いかける。

男が頷いた。

（まあいいか、急ぎの用事は無い）

自分に言い聞かせる。先に立つ男に従って、退出したばかりの建物に再び入る。冬晴れの強い日差しに慣れた目に、屋内は暗すぎて、しばらくの間立ち止まった。ようやく暗さに慣れた目に、近づいてくる阿夜比遅の姿が映る。

「お疲れのところ、お呼びたてして申し訳ありません。しばらくお待ちしておりましたが王は小用に立たれました」

何だ、呼び戻しておいて、それもすぐに戻ったではないか。気持ちが顔に出たのか、阿夜比遅が少しあわてて、とりなすように続ける。周囲を見回し、声をひそめた。

「王は、竜田で八十梟師指揮下に入る兵力を不安視されておられます」

(なるほど言われてみればそうだ。日下に布陣する王と長髄彦の軍を背後から襲わないとも限らない。少々心配のし過ぎと思うが、可能性の無いことと言い切れない)

阿夜比遅が阿加賀根の顔色を見ながら話を進める。

「そこで、阿加賀根様には竜田に入っていただきたいと仰せです」

長髄彦を推薦し、八十梟師の全軍指揮官就任を阻んだこの自分を、竜田で八十梟師の指揮下に入れと言うのか。

「当初、新城戸畔様にお願いするつもりでおりましたが、新城戸畔様は竜田に入る猪祝様と激しくやりあわれました。少々無理があります。そこでお願いするのです」

頭を回転させて候補者の顔を浮かべるが、たしかに自分が最適だ。覚悟を決めざるをえない。ただで引き受けても、と考えるが何も出てこない。

「それは王ご自身のお考えであり、ご指示でしょうな」

「もちろんです」

阿夜比遅が即座に答える。

「承知した。しかしこの貸しは高いですぞ」

阿夜比遅の顔にほっとした表情が広がる。阿加賀根の脳裏に八十梟師の眉間に刻まれた横皺、その下の爬虫類のような丸く黒い目、さらに鰓の張った顔が浮かぶ。続けて猪祝の下三白眼のいつも何か不満を抱いているような顔と小太りの体形が浮かぶ。阿加賀根は憂鬱な表情を浮かべた。

ふと気がつくと先刻の会議で猪祝と激しくやりあった当の新城戸畔が、阿夜比遅の傍らに来ている。新城戸畔が阿夜比遅に、小さな声で囁く。阿夜比遅が同意するように頷く。

「いやはや、まったく面目ありません。私がどうしようもない未熟者ゆえ、阿加賀根殿にそのような大変面倒な役をお願いすることになってしまいました」

阿加賀根は合点した。さっきの阿夜比遅の新城戸畔に頼むつもりだったという言葉は、事前の合意事項だったのだ。阿加賀根は、小柄な新城戸畔の顔を見下ろしながら閃いた。

（なるほど、そういうことだったか。猪祝と激しくやりあったことも竜田詰めを回避するための行動だったのかもしれない。興奮しやすく短慮な女子と思わせて、騙された。味方であるうちは良いが、油断ならない女だ）

阿加賀根のそのような思いを知ってか知らずか新城戸畔は眉を吊り上げ、続ける。

「いくらなんでも、あれだけ激しくやりあった私が八十梟師の指揮下に入ることは勘弁願いたい。かといって、お偉い居勢祝殿だけでは頼りない。誰かもう一人、きちっと頼りにできる方がいなければならない。勘弁してくれと思われるのは十分承知の上でお願いいたしております。申し訳ありません」

すでに了承したことについて、後追いの説明が続く。阿加賀根は新城戸畔の甲高い声にうんざりして手を上げて話をさえぎり、すでに承知したと伝えた。阿夜比遅が満足して引き下がり、残された二人は肩を並べてゆっくりと出口へと向かった。年長者の阿加賀根を先に歩ませ、新城戸畔が半歩下がって歩く。阿加賀根は、周囲に八十梟師や猪祝の配下の者達がいないことを確かめた上で、首を後方へ僅かにひねり、声を出した。

「それにしても、王国全体のことを考えたら八十梟師が適任とは思えぬ。猪祝はなぜ、あのように頑張るのだろう」

建物を出て階段を降り、二人は向き合った。新城戸畔がその甲高い声を潜めて話しだした。

「そこのところは、猪祝が狗だと考えますと合点がいくのではないでしょうか。利口な狗は主人の価値基準、主人の判断基準、それらを正確に理解してそれに添うように行動する。主人の八十梟師の喜びが自分の喜びなのです。何が正しいか、どの道を進むことが王国全体にとって正しい選択か、という思考方法はとらないと言うことでしょう」

阿加賀根は感心した。

(デブ猪ではなくデブ狗か。確かにそのように説明されると理解できる。うまいことを言うものだ。それにしても厄介な二人だ)

新城戸畔が、得意のときの表情なのだろう、その狐目をさらに細める。

「今朝、長髄彦殿と並んで入室されたのは、長髄彦殿の出仕を見計らって待ち伏せでもされていたのかな」

新城戸畔の体が少し固まったような気がした。返す言葉を捜している。二呼吸ほどおいてようやく応えた。

「いやはや何をおっしゃるかと思えば、どのような理由でそのように」

質問に質問で答えるのは困ったときの常道だと阿加賀根も理解している。それでも阿加賀根は答えることにした。

「昨夜の酒を酌みながら猪祝を加えての三人での戯言と、先程のデブ狗とのやり取りの格差が余に大きかったのでな、昨夜から今朝まで何があったのだろうと……」

「私は全軍を率いるのはあの長髄彦殿が適任と、我等が首尾よく勝ち抜き、生き抜くためには長髄彦殿の下に王国全体が一致し、固く結束して戦わねばならぬと、それだけでございます」

新城戸畔の言葉使いが変わった。言葉も口調も丁寧になった。それに気づいて阿加賀根は思った。

（言ってよかった。儂に対する評価を変え、扱いを変えたということだろう。気分が悪いことでは無い。時に爪は見せねばならぬ。やはり、あれは偶然ではなかった。新城戸畔は今朝、宿所から建物に入るまでの僅かな時間に、長髄彦に味方すると伝えたのだろう。そのようなことに自分は気づいていると、新城戸畔に認識させておくことでこの場は十分だ）

黙ったままでいるとさらに新城戸畔が折れてきた。

「竜田での勤め、よろしくお願い申し上げます」

新城戸畔の低音の丁寧な口上に、阿加賀根は新城戸畔の肩に手を伸ばし軽く叩きながら応えた。

「お互い、それぞれの持ち場で役割を果たそう。武運を祈る」

新城戸畔が一瞬視線を下げて後、同じ科白で応えた。

別れて自分の宿所へ向かう。阿加賀根は息を大きく吸った。胸を張り、視線を間近の大きな松の木に据える。松の梢を通して大和川南岸の常緑樹の黒い緑が目に入る。吸い込んだ冷気が胸の奥、隅々まで行き渡る。家族と集落の民のために頑張らねばと、再度自分に言い聞かせた。

第二章　日下（一）　乙卯の年（西暦紀元一七五年）春

一

部屋から回廊に出て、長髄彦は大きく背伸びした。早春の夕陽が南西の空に沈みかけている。下方を薄紅色に、上方になるにしたがって赤紫から濃い紫に色を変えた雲が二つ三つ、漣の立つ水面のはるか遠くに浮かんでいる。

建物の壁に寄りかかり腕を組み足を交差させて、長髄彦は視線を近場に戻した。急造ではあるけれど、日下の集落は城砦と呼べる堅固なものに変わった。柵は強化され、ぐるり周囲には壕が掘られた。柵から弓矢の射程距離ぎりぎりに、ゆるい傾斜の壕が掘られ、その手前に逆茂木が設置された。盆地の、主として北側の地域から集められた奴婢を主体とした人々が、作業を続けている。

床材の軋む音に振り返ると、阿夜比遅を従えて、饒速日の笑顔があった。皆の視線に曝される場であることから、長髄彦は交差させていた足を解き、ゆっくりと寄りかかっていた壁から体を起こし王に向かって一礼する。

「おかげで、城らしくなりました。筑紫勢に攻められても十分戦えます」

饒速日が話しかけてきた。二人だけのとき、あるいはそれに準じる状況のとき、饒速日は義兄で年長に当たる長髄彦に丁寧な言い方をする。

「春がそこまでやって来ています。彼等が本当にこの地を目指しているのであれば、海が穏やかになった後、春から夏前までにやって来るでしょう。竜田の備えはいかがでしたか」

饒速日は、前日から竜田の様子を視察に行っていて、午後に戻ったところだった。

「なかなか堅い守りとなっていました。竜田自体の守りよりも、川沿いの盆地への道を固めていました。蟻一匹這いでる隙間の無いほどでした」

「なるほど良い考えです」

答えながら長髄彦は考えた。

(あそこを固めれば盆地への進入路の一つは塞いだことになる。しかし、進入路は他に幾つもある。北からは磐船の道、富雄川沿いの道、木津川を利用した道、南にも三本、西南に竹内の道、それに日下から生駒を直接越える道。全ての道を塞ぐことはできない)

長髄彦の頭は回転し続ける。

(そうである以上、戦いに備えている日下、あるいは竜田のいずれかに筑紫勢を誘いこんで叩かねばならない)

口を閉じたままの長髄彦に気を遣ってか、饒速日が話を再開した。

「八十梟師、居勢祝、阿加賀根、それに猪祝が宴席を設けてくれました。料理も女子もなかなかでしたが、皆、本音を語ってくれました」

（本音を語るとはどういうことだ。筑紫相手の戦に本音も建前もあるまい）

「猪祝が、義兄上には気をつけられよと言ってきました」

（何、儂に気をつけろとは、儂が筑紫に寝返るとでも言うのか）

長髄彦は驚いて饒速日に目を向けた。饒速日が笑みを口元に浮かべ、話を続ける。

「王位を狙っていると」

一ヶ月半前の御前会議で猪祝が、全軍の指揮官に八十梟師を推したことを思いだした。

「その場には他に誰がいましたか」

長髄彦は年下の饒速日に対し、詰問調にならないようゆっくりした口調で尋ねた。

「先ほど言いましたように、八十梟師、居勢祝、それに阿加賀根がいました」

「猪祝が王にそのことを言ったとき、他の皆もそれを聞いたのですか」

そのときの情景を思いだすかのように、饒速日は視線を宙に漂わせた。しばらく間をおいて答えた。

「猪祝が私にそのように言ったとき、その言葉を聞いていたのは八十梟師だけでした。八十梟師は、黙って頷いていました。居勢祝と阿加賀根は二人で別の話をしていました。猪祝は私に小声で囁いたのです。しかし猪祝は、八十梟師に同意を求める仕草をしました」

「猪祝は八十梟師に言わされたのでしょう。八十梟師は私を孤立させ、全軍の指揮官に就こうというのでしょう」

（世の中にはいろいろな人間がいるものだ。この非常時にあっても、自分の権勢を伸ばすことに懸命になっている）

「私は、決して王を裏切りはしません。安心して信頼いただいて結構です」

長髄彦は、そのようなことを口にしなければならないことを少々情けなく思った。饒速日が笑顔でうんうんと頷いて答える。

「猪祝の言葉を信じるほど私は愚かではありません。義兄上を信頼していればこそ、このような誤解されかねない話を打ち明けたのです」

饒速日は軽い冗談を言う気持ちで、話を切りだしたのに違いないと長髄彦は納得した。饒速日の顔に微笑とともに幾ばくか困惑の表情が浮かんでいることが、長髄彦の真剣な対応によるものだと長髄彦も気づいた。饒速日は、再び目じりを下げ、笑い皺を刻みながら長髄彦に言った。

「猪祝達が揃えてくれた女子達がなかなかの美形でして、目移りがしました。八十梟師が二人お連れになっても結構ですと言うので、初めて、二人を相手にしました」

「それはよろしゅうございました」

長髄彦は、今度は答える口調も軽やかに微笑みを浮かべて答えた。

「私はここではそのようなことはできませんが、義兄上達は遠慮せずに、楽しんでいただいて結構ですぞ」

長髄彦は小さく頷いて、饒速日に顔を向けた。顔の二本の刺青が春の陽に青さを増している。饒速日が渡来人特有のそのうりざね顔に笑みを浮かべて言った。右の口の端が例のとおりゆがんでいる。

「三炊屋媛には内緒に頼みますぞ。私も義兄上の奥方には内緒にします」

日下に一月半前に来てから、働き詰めだった。長髄彦の気質を知る葛根毘古は、決して婦女の世話をしようとはしない。二、三度、鳥見比古と新城戸畔が宴会を開き、長髄彦を招いてくれたが、長髄彦は食事と少量の酒を飲んだだけで、女性の新城戸畔とともに早々に寝所に引き上げた。いわば、ここは戦場だ。楽しみはこの程度で十分だとの思いもあった。

長髄彦は考え直した。

（いろいろな価値観を持った男達がいる。全てにわたって、自分の考えや判断基準を押し付けてはならない。皆は、ひょっとすると息の詰まる思いをしているかもしれない。皆に、酒や女子を楽しませてやらねばならないのかもしれない。そういったことを含めて饒速日が話をしたとは思えないけれど、心にとめておこう）

二

三月になった。日差しは強くなり、木々の枝の新芽の膨らみや、いち早く咲きだした黄色の花々が春の到来を告げている。

立て続けに、西から報せが来た。筑紫の大船団の出航時期が近づいている、というのが始まりだった。出港し、明石に到達したという報せが続き、昨日には明石を出港したという報せが届いた。白肩経由の報せは遅滞なく日下に届き、日下から竜田に送られる。

三日前、明石に到達したという報せを受けて、鳥見比古が、白肩の守備につくため日下を後にした。日下に千、白肩に三百の配置としたけれど、長髄彦は白肩と日下の中間地点に、三百の兵を日下から割いた。

配置の完了したその日の夕刻、白い狼煙が北の空に上がった。芦屋会下山の見張台から幾つもの狼火台を経由しての報せだ。

長髄彦は、饒速日と新城戸畔、それに中小の集落の首長数人とともに屋内にいた。敵兵の動きにあわせ、幾つかの戦術の確認をしていた。楼観上の兵士の叫ぶ声に全員が部屋を飛びだし、北の空を見つめた。間違いようのない三拍の白い狼煙が、夕日に照らされて昇っている。長髄彦は饒速日の顔を見つめた。饒速日が小さく頷いて、長髄彦は体の向きを変え、南の狼煙台に向かって声を上げた。

「報せの狼煙を上げろ。三拍だ」

狼煙台の兵士が大声で復唱し、長髄彦は右手を高く上げ「よーし」と応えた。新城戸畔が口を開き、例の低く抑えた口調で話しだした。

「今日のこの天気であれば見晴らしも良く、全ての中継点が狼煙を目視できたでしょう。さすれば、会下山の見張りが遠い海上に船団を見たのはおそらく半刻ほど前のことでしょう。今頃、波速の戸にかかったかどうかというところです。間もなく潮の流れが変わります。敵はその上げ潮に乗って河内潟に侵入してくるのでしょう」

新城戸畔が得意そうに全員の顔を見回し、ただでさえ細い狐目をさらに細めて、夕日の下の河内潟を指差した。波打ち際が沖へ後退し干潟の泥が広がっている。話を引き取って長髄彦が続けた。

「最初の戦いは早くて明日の朝だろう。敵が直接ここへ来るか、鳥見比古のいる白肩へ上陸するか、我等には分からぬ」

長髄彦はもう一度、饒速日の顔を見た。続いて新城戸畔、さらに居並ぶ他の首長達の、夕方の斜光に照らされて陰影の濃い顔を見回す。それぞれの顔に施された刺青が際立つ。

「戦闘中、目の前に敵がいると頭が働かぬ。今回の戦では、諸君は兵の先頭に立ってはならぬ。先頭に立てば頭は働かぬ。中段、もしくは後方にあって、今日のこの作戦通りに兵を動かし敵を叩いてほしい。このとおり動けば必ず勝利は我等のものだ」

長髄彦は、首長達の顔をねめつけるように見回した。最後に、饒速日の顔を見て〆の言葉を要請した。待ちかねていたように饒速日が、胸を張り顎を引き、眉を上げて話しだした。口の端がねじれていない。

「諸君の今日までの苦労に感謝したい。しかし、それはあくまで明日からの戦いのためである。必ずや筑紫勢を海に叩き返そう。諸君の愛する妻や子等のために、この緑なす国を守ろう。諸君の流す血の一滴、一滴がこの国を、妻や子を守る。諸君の働きに期待する」

饒速日の話が終わるや否や、長髄彦は立ち上がり、「敵を海に叩き込め」と大声で怒鳴った。

新城戸畔がすぐに続く。全員が立ち上がり、体をぶつけ合い、言葉にならない叫び声を上げた。その声は、すでに日が落ちた建物の外、残照の西の空に響きわたっていく。防御施設の仕上げ作業や武具の手入れにいそしんでいた多くの兵の耳に届いていく。兵や奴婢達が作業の手を休め、斜面の上の建物を見上げる。ある者は微笑みを浮かべ、ある者はその表情を硬く引き締めた。

敵筑紫勢に関する情報は、夜を徹して続々と届いた。軍船の数は大小百五十。中核は筑紫の崗《おか》の船で、阿岐、吉備、下道、上道、それに明石の船が加わっていた。兵の数は二千五百から最大四千と推定された。波速の戸を抜けた敵船団は、日が落ちてまもなく白肩の沖合に達し停泊した。

長髄彦は、白肩と日下の中間点に配置した三百の兵が白肩へ移動し、鳥見比古の指揮下に入るために出発するとの報せを受けた後、夜明け前にやっと寝所へ引き上げた。西の空に瞬く白狼星がことのほか強く光っていた。

三

翌朝、薄い靄の中を、朝食を済ませて長髄彦は指揮所に使用している建物へ向かった。土木作業を手伝った老人、婦女子等の非戦闘員が帰村の準備をしている間を縫って進む。顔見知りの那賀須根の兵や奴婢、老人、婦女子からの挨拶に右手を上げ、微笑みながら小さく頷いて応え、見知らぬ他の集落からの兵や奴婢達へも声をかけながら、ゆるい坂道を登っていく。

靄の切れ目から生駒山につながる急斜面を見上げれば、中腹から上の木々は寒々と裸のままだ。

非戦闘員は、集落単位に纏まって次々と出発していった。その出発の済んだ後の時間、午前から午後にかけてを、長髄彦は指揮所の外の庇に覆われた回廊に出て見慣れた景色を眺めたり、建物の中で自軍の配置を確認したりして時を過ごした。待つことは疲れる。退屈と緊張と睡眠不足からあくびが止まらない。時間がゆっくりと過ぎてゆく。

集落の内外に配置された兵は、多くの集落から数日の間に駆けつけた兵を加えて千二百に達していた。それぞれが決められた配置に就き、音を立てず、声を出さず、じっとその時を待っていた。昨日まで二千人を超える人間が、土を掘り、木を削って働いていたことが嘘のように、静寂が支配している。生駒山から吹き降りる微風が、集落の先の湿地の立ち枯れたままの葦を揺らせていく。風になびく葦の擦れあう音がやけに大きく耳に響く。

正午を過ぎて、白肩から早駆けの使者が到着した。日が昇り、朝靄が消えて、筑紫勢が上陸を開始したとのことだった。長髄彦の胸に、昨夜横になってから浮かんだ後悔と不安が頭をもたげた。幾人かの首長も同じ思いだったらしく、そのうちの一人がつぶやいた。

「白肩に六百は少な過ぎた。三千を超える敵を相手にしては勝てない」

別の一人が加えた。

「今すぐに、ここの半数を応援に送りましょう」

饒速日の不安そうな視線を感じながら、長髄彦は傍らの新城戸畔を見た。新城戸畔は、腕を組みその狐目で、床に直接描いた地図上の兵の配置を睨んでいる。その他の中小集落の首長達は、長髄彦を見つめている。

重圧が、体を押しつぶすように長髄彦を包みこむ。首筋が石のように固くなっていく。長髄彦は表情を変えないように努める。死んだ父親に言われたことが思いだされる。

（指揮官は不安や後悔を顔に出してはならない。迷ってはならない。迷うことと考えることは違う）

長髄彦は頭を回転させる。

（潮の流れや風に乗れば、敵の方が移動速度は速い。昨夜であればともかく、今更動いては駄目だ。白肩の戦いの決着のついた後、到着した少数の増援の兵だけで、白肩の味方を一掃した敵の大軍に挑む。一蹴されるだろう。典型的な戦力の逐次投入だ。あるいは、白肩の味方を平らげた敵が船でこの日下へ移動してくるのと行き違う。その兵は白肩での戦いに間に合わず、ここ日下の守りにも役に立たない）

重圧に負けず、論理的思考ができていることを自ら確認し、長髄彦は満足する。冷静を装い自信に溢れた顔をして、首長達の顔を見回す。不安げな顔が並んでいる。

「敵が白肩に最初に上陸するというのは、想定内のことだった。明石勢が案内をしている。白肩の後、敵は必ずこの日下に来る。三千の敵に対し、我等に四ヵ所も五ケ所も守る兵力の無い以上、この地に築いた防御設備を無駄にしてはならない。今は、白肩の登美尾勢の奮戦を祈ろう」

長髄彦にとって意外だったことに、一人として異論を唱える者はいなかった。短い沈黙を破って、新城戸畔が甲高いけれど力強い声を発した。

「その通りでしょう。我等は、ここで敵の来るのを待ちます。もしも、白肩の味方が敗れるようなことがあれば、ここでその仇を討つ」

饒速日が小さく二、三度頷き、その瓜実顔をめぐらせ阿夜比遅を探しだし、祈祷師に祈りを捧げさせるよう指示した。

半刻経って第二の使者が到着し、味方の善戦を伝えた。上陸してくる筑紫勢を、塹壕の中から矢を射掛け波打ち際に到達する前に、水の中で立ち往生させた。大きな楯の陰に隠れて上陸し、前進してきた少数の敵兵には、長槍を装備した味方の兵が攻めかかり撃退したとのことだった。敵兵は未だ海の上だ。上陸しているとしてもせいぜい波打ち際までのようだ。長髄彦をはじめ白肩からの報告を聞いた全員がそのように考えた。

予想を超えた味方の奮闘に、指揮所の中は一気に明るくなった。長髄彦は新城戸畔の提言を入れ、日下の守りに就く将兵に白肩での味方善戦の報を知らせた。首長の一人が、兵に敵を侮る気持ちを抱かせやしないかと言った。長髄彦は丁寧に答えた。

「百五十艘に達するという敵船団が、目の前の水面を埋め尽くしたとき、敵を侮る兵は一兵もいないだろう」

言い終えて長髄彦は、危惧を表した若い首長を見つめ微笑んだ。その首長は、長髄彦の顔を見返して小さく頷き、同じように微笑んだ。

話は瞬く間に味方の将兵の間に広まっていった。指揮所の回廊に立って、長髄彦は、朝から一日中守りについていた兵達の顔からいらつきと恐れが消えて、自信が浮かんでいくのを眺めた。将兵を照らす陽は西に傾き、第一日目が暮れようとしていた。岸辺で揺れる枯れた葦の先、河内潟の漣が黄金色に輝いている。

日が落ちて一刻半後に、三番目の使者が到着した。白肩の敵軍は、一旦、船に引き上げたとのことだった。船団は停泊したままで、明日、再度攻撃してくるのか、それとも移動しようとしているのか判断はつかないとのことだった。

長髄彦は、敵のこの後の動きがどうなるか、そのことばかり考えた。

(白肩の味方の兵力が六百足らずであることを敵に知られていなければ、明日、敵はここに来るだろう。あるいは、白肩での苦戦に懲りて、敵は日下を通過してもっと南に行くかもしれない。そして、大和川を上り、竜田から一気に盆地を目指すかもしれない。日下への上陸を促さねばならない。少数に見せかけるために、兵士達に身を隠すように命じるべきだろうか。それとも姿を現し、日下を敬遠させ、通過させて、竜田を攻撃させるべきだろうか）

長髄彦の頭の中を様々な考えが駆け巡る。長髄彦は、結論を出した。

（いずれにせよ、この日下で決戦を挑むようにしなければならない。敵に、この日下を攻めるように仕向けねばならない）

長髄彦は指揮所の中で、立ったまま腕を組んだ姿勢を崩さず、黙ったままでいた。首長全員が部屋の中に入って、そのほとんどが長髄彦を見つめている。

（筑紫勢を相手にした困難な戦いが続く。我等の結束を高めねばならない。それは王を中心としたものだ。王の権威を軽んじるようなことをしてはならない。王より先に話すようなことはまずい）

饒速日が若い首長となにやら話しているのが目に入った。さらに目を転じると、阿夜比遅と目が合った。長髄彦は、手を目立たぬように小さく動かした。阿夜比遅は頷き、饒速日のもとへ進んで耳打ちした。

饒速日が上座に移動し、咳払いをして話しだした。今日の一日についての慰労と、明日もよろしく頼む、との主旨の短い演説が済み、阿夜比遅が解散を宣言して初日が終わった。部屋から出て寝所に戻ろうと歩きかけて、後ろから新城戸畔に挨拶された。

「長髄彦殿、明日もよろしくお願いいたします」

「こちらこそ、新城戸畔殿と層富勢の働き、期待しています」

「それでは」

挨拶を交わして別れた。それだけのことだったけれど、うれしかった。長髄彦は生駒の斜面の上、煌々と輝く上弦の月を見上げた。月の神に、那賀須根にいる妻と子らの無事を祈った。

四

翌朝、陽の上昇につれて、濃い霧が河内潟から湧き上がった。狼煙による白肩からの連絡法は利用できない。長髄彦は、足自慢の若者二人を、白肩との中間点に向けて出発させた。日の出から一刻半が経過して、薄くなった霧の中から敵船団が姿を現したのと、その報せをもって若者が駆け込んできたのとはほとんど同時だった。

敵は白肩への上陸を諦めて南下してきた。さらに、若者は、白肩の鳥見比古が兵四百を率いて日下に向かっていることを告げた。

長髄彦は指揮官達に兵の姿を隠すように指示した。この地に敵を誘い込んで、侵入を断念させるような打撃を与えるつもりだ。

指揮所の回廊に立った長髄彦は驚いた。百五十隻に達する大船団というのは、頭の中では理解していたつもりだったけれど、見ると聞くとでは大違いだった。薄れてきたとはいえ白い霧が音を吸い込む。目の前の水面を滑るように途切れることなく、次々と船が横切っていく。北西の風を受けて膨らんだ帆に描かれた標は様々だ。

饒速日がそれらの所属地について説明した。筑紫の各地、伊覩《いと》、那賀津、崗、豊の宇佐、周防、阿岐、吉備、上道、下道そして針間、明石などの船が通り過ぎていく。舷側に楯を並べ、その後ろに、矛をきらめかせて兵士達が立っている。船は続々と霧の中から現れて右手から左手へ、北東から南西へと目の前を横切っていく。

長髄彦が口を開く前に、新城戸畔の声が聞こえた、

「河内潟南端の集落は大丈夫であろうな。かねての手はずどおり引き上げるであろうな」

長髄彦も同じことが頭に浮かんでいた。水辺に近い位置にある三つの集落の首長達は皆日下に詰めている。敵がその付近に上陸しそうな場合は、住民すべて持てるだけの食料と伴に速やかに日下に入る手筈になっていた。

その首長の一人と思しき男が答える。

「間違いございません。敵上陸の前に集落を出ることになっています」

敵が日下に上陸しないという確信が得られて、長髄彦は竜田への連絡を命じた。早駆けの使者が出発した。同時に、五十人の小部隊を、海岸沿いに船団の行方を確認するために出発させた。

船団の最後尾が南西の薄くなりつつある霧の中に消えて、長髄彦達は部屋に入った。部屋の奥の上座の床机に腰を下ろした饒速日が、大きく溜息をついた。新城戸畔が、長髄彦の向かい側の席で口を開く。

「それにしても、ものすごい大船団でした。あんな大船団を見たのは生まれて初めてのことにございます」

大船団に圧倒されてなのか、新城戸畔のいつもの威勢のよい甲高い声と打って変わって静かで丁寧な物言いだった。首長達の幾人かがその言葉に応じて、各々の感想を述べだした。その内の一人が大きな声を出して言った。

「それにしても、鳥見比古殿は見事でござる。あの大軍を撃退しました。我等も敵の上陸を阻止すべく出陣すべきではないでしょうか」

長髄彦に問いかけていた。長髄彦は、部屋に戻る前からそのことについて考えていた。出撃しないというのが長髄彦の結論だった。

「船団を追いかけて上陸地点を叩くことも、一つの立派な作戦だ」

長髄彦は口元に微笑を浮かべ、発言した首長の顔を見た。その首長が長髄彦を、表情を消して見つめ返す。

「白肩での成功要因を考えると、一つは水際で、敵兵の動きが鈍く大兵力の揃わない上陸時を叩いたこと。今一つは、この日下ほどではないにせよ、白肩にも水際の敵を叩くため防御設備を構築していた、まさにその地点に敵が上陸した。船団を追いかけて攻撃するということは、少なくとも我等が利点の一つを放棄することになる。敵をこの地に誘い込んで決戦を挑む、というのが我等の戦略だ。したがって我等はこの地で敵の動きを待つ。敵がこの日下にやって来るか、竜田に向かうか様子を見よう。その間、南側からの攻撃に対する防御設備の強化を行おう。柵の強化、その外側、壕なり土塁なりの新たな構築を考えて実行してくれ」

日下の防御設備と迎撃のための作戦は、目の前の海岸に上陸してくる場合と、白肩を陥して陸路、北から攻撃してくる敵を想定したもので南に対しては手薄だ。

長髄彦は首長達を二組に分け、一組目を新城戸畔に任せて南側の設備強化の計画作成を命じた。もう一組は、長髄彦自らが率いて南側からの敵の攻撃に対する防御作戦を練ることにした。

それらの作業に皆が集中している午前遅く、鳥見比古が到着した。先に連絡してきた四百の兵ではなく、鳥見比古は五百五十の兵を率いていた。敵の大軍に攻撃されたら二百も五十も同じと、思い切って白肩に兵を残さず日下に配下の全兵力を運れてきた。

長髄彦は、幹部会でいつも優柔不断とも思えるどっちつかずの八方美人的意見を述べる鳥見比古を見直した。長髄彦は笑みを浮かべて鳥見比古の肩を叩いて礼を述べた。鳥見比古は狭い額に横皺を刻み、うれしそうな顔をして、お褒めのお言葉ありがとうございますと答えた。

午前から午後にかけて、敵上陸地点周辺の集落住民達が無事日下に収容された。

午後に入り双方の作業の間の調整が済んで、工事作業が始められた。駆けつけた鳥見比古の登美尾勢と偵察に出ている僅かな兵を除き、全将兵が南側の設備構築作業に従事した。

偵察に出た伝令が戻り、敵軍は日下の南西歩いて一刻の距離に大挙上陸し陣地を構築しつつあるとのことだった。規模は推定どおり三千だった。

敵軍がすぐに動かぬことを確信して、長髄彦はその夜、兵三百による夜襲を命じた。二重、三重の囲みを構築させぬよう作業中の柵に火をかけ、更に大量の兵糧を荷揚げ備蓄したと見られる地点へ火矢による攻撃を行った。

その日以降、夜襲は雨の日も含め毎夜、三百の兵により繰り返し複数の方向から行われた。北東風の強い晩には風上の葦に火をかけた。敵軍は味方が襲撃の際に隠れ蓑とした湿地の葦はもちろん、陸地側の薄、潅木の林を焼き払い、伐採していった。

敵軍は粘り強かった。確固たる意思を象徴するような、高さ一丈半に達する楼観が完成したのは二週後だった。ついで野営地を囲む二重の土塁と柵を三週間かけて完成させた。

身を隠す場所がなくなり、敵の反撃も迅速で厳しいものとなってきて、続けられてきた夜襲は中止された。敵は動かなかった。戦線は膠着状態となった。

兵達の間に焦りと疲労がたまっていく。放置したままの田や畑、集落に残してきた家族のことが気になってきている。何とかしなければならない、というのが首長達の一致した意見だった。

長髄彦も、幾度となく竜田の八十梟師、居勢祝の軍勢と呼応して、敵野営地を攻めようという誘惑に駆られた。首長達の間にも行動を起こすべきという意見が出始めた。

ある朝、饒速日が竜田に籠る八十梟師達を呼び寄せての会議の開催を相談してきた。長髄彦は八十梟師と意見に相違が出た場合のことが頭に浮かんだが、居合わせた新城戸畔と鳥見比古の顔を見て、開催を了承した。

考えてみれば、敵を目にし夜襲をかけ続けた日下以上に、竜田の兵の間には行動を起こすことを望む声が強いに違いない。

行動を起こすにしても、このまま当初の戦略を貫くにしても、三千を超す大軍が上陸してしまった以上、竜田勢との緊密な連携は必要だ。長髄彦は自省した。八十梟師や猪祝に対するこだわりからか、当然実施すべきことを先延ばししていた。

五

春は深まっていった。水は温み、冬の間、大和川の河原の水溜りに羽を休めていた多くの渡り鳥が姿を消した。

日下との間には、筑紫勢の野営地を迂回した間道が確保されている。使者が往復し、竜田から八十梟師を筆頭に、主だった首長達と護衛役の三十人が早朝日下に向けて出発した。異論はあった。阿加賀根は移動速度を重視し十五人編成を具申した。八十梟師の顔色を窺いながら、猪祝が五十人編成を主張しだして、阿加賀根は理解した。

（なるほど、デブ狗めが。三十人とか五十人の編成は、筑紫勢の攻撃を意識してのものよりも、日下の兵による闇討ちを警戒してのものに違いない。長髄彦の性格からしてそのようなことは起こるはずがない。それでも、八十梟師と猪祝の二人にとってそれは十分可能性のあることなのだろう。逆の立場だったら長髄彦を襲うことを検討するということなのだろう。少人数でよいと儂が主張すれば、そのこと自体から八十梟師めとデブ狗は儂を疑う。さらに大部隊での移動を決定しかねない）

次々と考えは浮かび、阿加賀根は発言を止めた。

三十人の小部隊であっても、前衛を配置して慎重な安全確認を行いながらの移動は、それなりの時間を要した。

日が昇って春の日差しを背に浴びると、竜田に籠りきりだった阿加賀根は春の道行きに楽しみを見出した。道端の名も知らぬ黄や白、あるいは紫の花々に目が止まる。今までそのようなものに目がいくことなどなかった。戦いが終わり無事帰ることができたら、来春、妻に花の名を教わろうと思う。

黙々と歩いていると背後の会話と笑い声が耳に入る。前を行く阿加賀根に聞かせたがっているような猪祝の大きな声だ。八十梟師との親密さを誇っているかのように、大声で話し、大声を上げて笑う。話題についての興味の大きさや、心からの愉快さが引き起こす大笑いでは決して無い。竜田の陣に合流してから、八十梟師や猪祝の周囲に大声の馬鹿笑いを見聞きすることが多い。そのほとんどが、八十梟師の例の割れた声でのつまらない冗談に対するものであることに思い当たる。仲間はずれにされないための意思表示だと考えた。

日は高く輝き、春の強い日差しに目を細めて歩き続け、午前遅く日下に到着した。出迎えてくれた饒速日と長髄彦に簡単な挨拶を済ませる。配置の部署が近いせいか新城戸畔がすぐに姿を現した。さりげなく近づいてくる。小声で囁く。

「お疲れ様に存じます」

精一杯の丁寧な物言いに、竜田に籠って以来の阿加賀根にたいする思いやりが感じられた。阿加賀根はうれしく思い口元にごく小さな微笑を浮かべ、新城戸畔の狐目を見つめて頷いた。新城戸畔が控えめな微笑みを浮かべる。女性としての愛らしさを感じる。

簡単な昼食をほおばるまもなく、日下でそれぞれの部署についていた首長達も集まり、総勢二十人を超える男達が指揮所に使われている部屋に集合した。久し振りの顔合わせに歓談の花が咲いたが、例年秋に開催される全首長会議のときとは明らかに雰囲気が違う。必ずしもその間の利害が一致せず、争いごとを起こすことの多い首長達が肩を叩きあい、笑顔で互いの無事を喜び合っている。共通の敵を持つということが、如何に皆の連帯と結束を高めるものなのか改めて強く認識させられた。しばらくの後、長髄彦が両手を大きく叩き、声を上げた。

「各々方、着席くだされ」

皆が、それぞれの序列を意識した位置に腰を下ろした。立ったままそれを眺めていた阿夜比遅が口を開く。

「皆様方、日頃よりの軍務、感謝いたし御礼申し上げます。本日、お集まりいただいたのは、今後の我等の戦略、戦術について議論し、合意し、以って、敵軍を退却せしめんとするためです。まず、敵の現在の状況について新城戸畔様より、そして、すでに白肩において敵と戦い、敵の上陸を見事防ぐことに成功した鳥見比古様より、敵の装備などについて話してもらいます」

新城戸畔が立ち上がり、敵軍の規模、野営地の防御設備、建設に要した日数、夜襲をかけたときの敵兵の動き、最後に武具、武器などの装備面について説明した。少々大げさで、修飾語の多い話し言葉はそのままだったが、要領がよく分かりやすい説明は周到な準備と新城戸畔の頭のよさを感じさせる。女性の身でありながら大過なく集落を統率し続けている理由が分かるような気がすると、阿加賀根は改めて見直した。

幾つかの質問が飛び、深刻ぶった表情の新城戸畔が答えていく。質問が途絶え、一段落したところで阿夜比遅が立ち上がりながら拍手する。出席者全員がそれに倣い拍手する。阿夜比遅は右手を伸ばし鳥見比古を指し示す。

鳥見比古が立ち上がり、白肩での自らの奮戦を面白おかしく披露した。大勢を前にして多少の緊張があるのか、いつになく早口だったが、話の筋道に齟齬は無い。鳥見比古は〆にかかって深刻そうな表情を浮かべて語った。

「敵軍と戦って撃退したというより、敵は我等が行った、準備されてかつ組織だった抵抗を、予測していなかったと思われます。しかし、敵は間違いなく戦いに慣れておりました。上陸し、橋頭堡を築き、その後、現在のような本格的な野営地を築くということが敵の目的であったとすれば、抵抗のある場所にわざわざ上陸することも無いと移動しただけなのだと思います」

阿加賀根は、長髄彦がいつまでたっても口を開かず、新城戸畔と鳥見比古の二人に話をさせたことに少なからず違和感を覚えた。

阿加賀根は問いただすように長髄彦の顔を見つめる。長髄彦は阿加賀根の視線に気づかないのか、鳥見比古を見つめたままだ。鳥見比古の話は続く。

阿加賀根は視線を巡らせる。司会役の阿夜比遅から饒速日の顔へと視線を移す。顔に微笑を浮かべている饒速日と目が合う。饒速日が小さく頷く。これでよいのだ、皆で決めたことだとでも言っているように思えた。

(長髄彦は、明らかに多弁な方ではない。まして皆の前に出て演説することも好きではなさそうだ。逆の性格の、出たがり新城戸畔が満足し、鳥見比古が皆に称賛されれば軍全体の士気が高揚するとの長髄彦の判断なのだろう)

阿加賀根は納得した。

六

阿夜比遅が立ち上がり、今後の作戦に話を移したいと言った。部屋に詰めた首長達は、阿夜比遅や長髄彦、八十梟師の顔を見ている。序列を意識してか誰も発言しない。

長髄彦も最初に発言するつもりはなかった。饒速日から聞いた猪祝の言葉が頭にあった。最初に考えを披露して八十梟師の息のかかった連中の攻撃の的になるのはごめんだ。先ほど話した新城戸畔と鳥見比古も黙っている。

（自分と八十梟師の二人が覇を競っているような状態がこのような空気を生んでいるのだろうか。思い付きではなくよく考えられた意見が、自由に発表できる雰囲気の会議で無ければならない。どうすれば変えられるのだろう）

最長老で幹部会議常任幹部の居勢祝が、白髪交じりの胡麻塩頭を僅かに右に傾け、口を開いた。

「いずれにせよ、大きくは二つに一つであろう。我等が先に動くか、あくまで敵が動くのを待つかだ。さらに我等が先に動くとすれば、竜田か日下に合流し、そしてさらに待つか、それとも敵のあの野営地を攻撃するかだ」

竜田に駐屯している、長髄彦の知らない若い首長が発言する。

「春も深まってきました。田畑の手入れと種蒔きなどの作業にかからねばなりません。竜田にただ籠っていて、兵の士気も落ちてきています。敵野営地の防御設備がこれ以上強固なものになる前に、日下、竜田の両軍が合流し総攻撃すべきと思います」

新城戸畔が例によって薄い眉毛の下の細い狐目を、さらに細めて口をはさむ。

「我等は、竜田、日下両軍合わせて二千五百、敵は三千五百。大した防御設備を持たないとはいえ、三千五百が守る城砦にそれより少ない二千五百がかかって勝ち目があるとお思いか」

竜田に籠っている若い首長がすぐに答えた。

「そもそも私は、上陸直後に徹底的に叩くべきだったと思っています」

新城戸畔は目をむき、鳥見比古がすばやく右手を上げかける。竜田側の別の中年首長が、あわててとりなすように口を挟んだ。鳥見比古が上げかけた右手を下ろし話に聞き入る。

「それはともかく、夜襲など工夫し、全軍一致し必死になって勝利を信じて戦えば勝機はあると思います」

もう一人、新城戸畔よりは年上と思われる盆地南端の首長が続けて声を上げた。

「兵達が竜田に来て二ヶ月を過ぎました。兵達の士気は落ちていくばかりです。聞けば敵の備えは強化される一方とか。このまま時間が過ぎれば勝機は遠のいていくばかりと存じます」

竜田から参集した首長達ばかりではなく日下に詰めている首長達の間にも、二人の発言に賛同する空気が醸しだされていくのが感じられる。

長髄彦は考える。

（敵兵を見ることの無い竜田に詰めている兵達の士気を持続させることは、なるほど難しいのだろう。緊張下で、ただひたすらじっと待つことは兵達には難しいことなのだろう。なにかしら目的に沿っ

た、できれば勝利に貢献できていると実感できる、何か適当なものがないものか）

長髄彦は、八十梟師や居勢祝、猪祝などの竜田側の首脳陣の顔を見回した。八十梟師は表情を消し、身体をずらし上座に背を向け、腕を組み眉間に横皺を刻んで下座の方を見るともなしに見ている。

猪祝と目が合った。八十梟師に代わって長髄彦の様子を窺っているかのように見える。猪祝は長髄彦に見られて目をそらせた。僅かな間の沈黙を破り、最長老の居勢祝が再度口を開いた。

「我等から動くべしという意見が多いように思えるが、いかがかな。新城戸畔殿の意見は先ほど聞いたとして、鳥見比古殿、貴殿の意見はいかがかな」

指名されて狭い額と右頬のえくぼが特徴の鳥見比古は、いつもと違い躊躇することなくすぐに応じた。敵の撃退に成功し、皆の前でそれを上手に説明しきったことが自信となっているのだろうと、長髄彦は思った。

「我等は動くべきではないと考えます。先ほども申し上げたとおり敵の装備は我等よりも優っています。兵の数でも我等を凌駕しています。残念ながら精神論では勝てません。春先より我等が力を注ぎ構築してきた防御設備を使用して初めて対等の戦ができると考えます」

新城戸畔も加わり反撃に出た。

「居勢祝殿はご自身のご意見を言われておられないように存じますが、いかがでしょうか。それとも先ほどの戦意旺盛な、お二人の動くべしとのご意見は竜田におられる皆様方のご意見を代表しているということでしょうか」

長髄彦は、主旨はともかく、あまり上手くない物言いだと思った。猪祝の下三白眼の上の眉が僅かに動いたのが見えた。

（日下と竜田という色分けはすべきではない。ただでさえ、全軍の指揮官選びの際の経緯がある）

長髄彦が考えていると、居勢祝が新城戸畔の問いに答えるように口を開いた。

「この席にいる全ての者の意見を聞けば概ねその二つの意見、即ち、動くか、あくまで待つかの二つになるとは最初に申したとおりだ。一方は兵の士気と敵野営地の防御設備のますますの強化に対する懸念、一方は彼我の戦力差、すなわち、兵の数、装備の差異、防御施設を持った守備に対する攻撃側の不利等がそれぞれの策をとる理由として挙げられた。新城戸畔殿の確認に答えるとすれば」

隣で猪祝が、居勢祝の衣類の端を引いたように見えた。居勢祝は一拍の間言葉を止めたが、何事もなかったかのように話を続けた。

「儂自身は、いずれ近いうちに敵は動くと思う。今朝、敵の野営地を遠くからではあるけれど、目にしてそのように感じた。あのような大軍に長期間食べさせていくのは大変なことだ」

顎を突きだし、鼻の穴を広げて、自信たっぷりに話す居勢祝の話は説得力がある。長髄彦は感心した。

（さすが最長老だ。両者の対立を煽りかねない新城戸畔の質問を嫌味なくはぐらかした。会議の進捗をまともなものにしようとしている。さらに、居勢祝の敵が動くと感じたことは正しいに違いない）

長髄彦は意を決して口を開いた。

「敵の籠っている砦は、敵の最終目的地ではない。最終目的地は盆地だ。敵は、近いうちに目的地へ向かい進撃すると思う。竜田に向かう。敵が日下を攻めるのであれば、あそこまで防御設備を構築する以前に攻撃してきたであろう」

　居勢祝は表情を変えず、発言した長髄彦を無視するかのように、胡麻塩頭を少し傾けながら話を再開した。

「敵は、いつまでもあの場所に籠っていることはできない。我等と違って、持ち込んだ食糧に限りがある。我等の不足はいつでも盆地の集落から運び込むことができる。敵の動く方向は、長髄彦殿の言われたとおりだ。日下を攻撃するつもりであればあのような設備は不要だ。主力を遠い方の竜田に向けて初めて、その留守の間、近くの日下からの攻撃に耐えられるような防御設備が必要となる。したがって、これからの議論は敵が動いた場合我等がどのように対するべきか、ということに絞ってよいと思う。念のため敵が竜田ではなく、日下を攻撃した場合を想定した策も定めておくことも提案する」

　最長老でどちらかといえば調整型の居勢祝が自分の先ほどの意見を無視したのもなるほどと思える。むしろ長髄彦に先を越されて気分を害したという方があたっているのかもしれない。会議前半部では沈黙を通した。ここらで指揮官として意見をはっきりさせておくのもよいだろうと考え発言する。

「儂は賛成だ」

　長髄彦は、八十梟師の顔を見ながら声を出した。八十梟師が黙ったまま頷いて賛意を明らかにする。その様子を見逃さなかった猪祝が小太りの体をゆすりながら賛成と声を出し、阿加賀根が小さな声で続く。

「敵の動きを待つということで話を進めることでよいか」

　居勢祝が先に動くべしと発言した二人の方を向いて念を押した。

八十梟師との全軍指揮官の地位をめぐる幹部会の議論のしこりが残っているのでは、との心配は杞憂だった。議論は順調に進んだ。計画の詳細まで決めることは、八十梟師の意見で止められた。

不測の事態が起きたときに、決められた計画の解釈に差異が出たり、その不測の状況にもかかわらず、事前の決め事だからと硬直的に対応する者が出ることを恐れるためと八十梟師は説明した。議論がまとまり、作成された計画が確認されているとき、会議室に葛根毘古が入ってきた。長髄彦の後ろに回り耳元で囁く。

「敵野営地の動きがいつもよりも激しいとの報告です。炊事の煙、荷造りなどの動きです。今夜か明朝にでも出撃するのではとの報告です」

「信頼できる報せか、偵察の指揮官は誰だ」

葛根毘古は長髄彦も知っている那賀須根の男の名を告げた。長髄彦は頷き、短く分かったと答えた。

皆の視線が二人に注がれている。長髄彦は聞いた話を披露し、今夜か明日にでも敵の出撃があるだろうと付け加えた。

会議の進行はさらに速まった。大筋の合意が得られていた計画が、饒速日により短い激励の言葉とともに裁可され会議は終了した。散会は早かった。

見送る饒速日と長髄彦に、八十梟師以下が短く挨拶の言葉を発して部屋を出ていく。饒速日は頼みますぞ、と応える。長髄彦も八十梟師には丁寧に、よろしくお願い申し上げると言葉をかけた。

饒速日に讒言した猪祝に対し長髄彦はことさら微笑を浮かべ、よろしくお願いいたすと声をかけた。

最後に、近隣の中小集落の首長三人を従えた居勢祝が、良いお年をと大声を出した。饒速日は、目をむいて居勢祝の顔を見つめた。居勢祝は饒速日と長髄彦に向けた顔を無表情のまま変えず、二人の反応を待っている。居勢祝にしたがっている首長の一人が早口で説明する。

「冗談にございます。特に深い意味はございません。よろしければ、お笑いください」

場違いな居勢祝の科白と目尻に微かに浮かぶ笑みとで、饒速日と長髄彦の二人は微笑んだ。居勢祝は鼻の穴を膨らまし、笑みを浮かべて言った。

「何がおかしゅうござるか。それでは良いお年を」

長髄彦は知らなかった。それまでに幾度となく幹部会議で居勢祝と顔を合わせていたけれど、顎を突きだし得意そうに大仰な物言いをする誇り高い男だと思っていた。

(長い戦場生活も王国にとって悪いことばかりではないのだろう。八十梟師との指揮権をめぐる争いはあるものの、間違いなく一体感が生まれつつある。首長達の人となりも分かってきた。悪い人間はいない)

第三章　日下（二）　乙卯の年（西暦紀元一七五年）春

一

厚い雲が空を覆っている。風もない。日の出からそれなりの時間が経っているのにあたりは暗く見通しが悪い。

長髄彦は指揮所の部屋の外の回廊に立ち、西南に体を向け筑紫軍野営地の方角を眺めていた。傍らには饒速日を筆頭に新城戸畔、鳥見比古、それに加えて五人の首長が並んでいる。日の出直前から指揮所に集合し、さらに四半刻前から回廊に立っている。

何気ない態度を装っていたけれど、長髄彦は胸に差し込まれるような痛みを感じていた。昨日の会議でしかも全員の前で、敵は今朝、出撃すると断言したことを思いだしていた。

日の出から時間が経つにつれて周期的に襲ってくる胸の痛みは増してきている。長髄彦は周囲に悟られぬように我慢していたけれど、眉間に刻まれる皺はいつもよりも深かかった。

「報せが見えませぬ。今朝は空振りかもしれませぬ」

よく喋る最年少の首長が口に出した。長髄彦の険しい顔つきと沈黙により、重苦しい空気が支配していたその場の雰囲気が、その言葉を機会に変化し始めた。

「そなたは、いつも結論が早すぎる。まだまだ分からん」

新城戸畔の、低音ではあるけれど女性らしい柔らかい声だった。

「鳥見比古殿、白肩の時にはいかがでしたか」

若い首長が尋ねて、鳥見比古が右頬に笑窪を浮かべて答えた。

「あの時には、日の出前、空が明るくなって船団がはっきりと見えたときには、敵は岸に向かって動きだしていた」

「あの日は晴れていた。薄い靄《もや》がかかっていたと思いますが、今朝よりはだいぶ見通しが利いたのではありませんか」

新城戸畔の丁寧な問いかけに、鳥見比古が早口で即答した。

「海の上に薄い靄が出ていましたが、今朝よりははるかに見通しが利きました」

新城戸畔が若い首長に向かって言った。

「それ、そなたは結論が早すぎる。今朝はまだまだ分からないでしょう」

「私は、普段から即断即決を旨としております。遅いよりは早い方が良かろうと」

「早い方が良いとは限らん。だからそなたは女子に好かれぬのじゃ。新城戸畔殿、こやつは二擦り半で終わりと聞いていています」

横から鳥見比古が口を挟んだ。

「それじゃから子ができぬのじゃ」

「お二方、何をおっしゃいますか。それとこれは違います」

男女三人の下ネタ問答に周囲が笑いだし、雰囲気がなごんで来たところに、饒速日が右口端を歪めながら声を上げげた。南西の方向に左右に大きく振られた松明の灯りが見える。

厚い雲に覆われた早朝の薄闇の中、振られて揺れる蜜柑色の灯りを見誤ることはない。ゆっくりと一往復振られ、一拍停止、また一往復。敵は野営地から出て東への道を進みだしたという報せだ。

「諸君、見たとおりだ。手筈通り次の報せで兵を前進させる」

長髄彦は振り向き、居並ぶ首長達の顔を見回して続けた。

「敵がどの程度の兵を残すのかは予測がつかない。我等が打って出て、簡単に落とすことができるとも思えない。我等の目的は、竜田へ援軍を送らせぬための牽制攻撃であるということを忘れないように。その後の決戦に使える兵が減っては話にならない。持ち場についてくれ」

言い終えて長髄彦は饒速日の顔を見た。饒速日は頷いて首長達に向かい、よろしく頼むと声をかけた。首長達はくるりと身体の向きを変え回廊から階段を降り、それぞれの持ち場に向けて小走りに散っていった。饒速日と長髄彦、阿夜比遅の三人が残された。長髄彦は新城戸畔と鳥見比古にも軍の後方に共に残れと話したが、二人とも前線で兵を指揮すると言って聞かなかった。

漸く周囲が明るくなった。生駒からの斜面の、芽吹き始めた薄緑の木の葉が目に入って、長髄彦は胸の痛みが消えていることに気づいた。

「義兄上の予測どおりでした。敵は竜田へ向かいました」

「まだ分かりませぬ。二手に別れこの日下に攻めてくるかもしれません。もっとも私が敵軍の指揮を執っていればそのような愚かな策はとりませんが」

「そのような策をとるのであれば、とうにこの日下を攻撃してきていたはずでしょう」

「そのとおりと存じます」

春とはいえ、日の射さない早朝は気温が上がらず肌寒い。三人は警護の若い兵を代わりに見張りに立たせ、部屋へ入った。

二

定期的に報告が届く。竜田に向かった敵は二千五百で、野営地に残った敵はおおよそ千と推測された。残った敵兵が野営地から出陣しないことを確認して、新城戸畔と鳥見比古の指揮する千の兵が出発した。

昼前になって兵達は戻った。初めての昼間の戦闘に、新城戸畔は興奮気味に戦果を報告した。味方の損害は軽微で、挙げた戦果は二、三十の死傷者と柵内の建物を二棟ばかり焼失せしめたことだった。

長髄彦は、戦果は割り引いて評価しなければと思ったけれど口には出さない。参加した千名の兵士は、日下に二ヶ月間籠っている兵の七割を超える。兵士達の士気が高まったことは挙げた戦果よりも価値があると思えた。

小さな目標であっても着実に達成していく。全員に自信が湧き戦意が高まり指揮官への信頼が増す。これで行きたいと長髄彦は思った。

新城戸畔が引き上げてきてしばらく後、竜田から敵来襲の第一報が狼煙でもたらされた。前日の会議にて決定した行動計画に基づき、再び日下からの出撃準備を、長髄彦は命じた。

指揮所の室内は、饒速日と長髄彦を筆頭に竜田からの連絡を待つ首長達であふれた。誰もが立ったり座ったりと落ち着かない。

第二弾の狼煙は昼を回って半刻経って上がった。二拍の狼煙。敵の攻撃を受けて奮戦中との報せだ。指揮所の室内にほっとした空気が流れる。戦いの状況は分からない。竜田の守りは破られていず、敵は攻撃を続行中としか分からない。すぐに雰囲気はもとのいらいらとした落ち着きの無いものに戻る。

饒速日が立ったり座ったり、落ち着かない。新城戸畔は長髄彦の傍らに座り、その細い狐目を閉じていた。長髄彦は、こんな時に居勢祝の意味の無い冗談が役に立つのだろうと思った。

その日の午後は厚い雲に覆われた天候そのままに、重苦しく、ゆっくりと過ぎていった。第三報は、約束どおり一刻半の時間をおいて届いた。同じ二拍の狼煙。敵の攻撃は続き味方はそれに応戦している。竜田の柵は持ちこたえている。

夕刻に物見の兵が戻った。新城戸畔配下の若者だ。長髄彦はその若い兵士を指揮所へ招き入れて、皆の前で報告させた。

竜田からの起伏の多い間道を駆け続けてきた疲労に加えて、王や首長達の前に出て直接報告するということから来る緊張のせいか、青黒い顔をしている。

「申し上げます。竜田に押し寄せた敵軍は二千五百でした。狭い道から川原にまで散開し隊列を組み、攻撃が開始されたのは昼前でした。味方は、川原はもちろん川の浅瀬も含め三重の逆茂木を設置していました。敵が最初の逆茂木に到達すると、谷の斜面に隠れていた兵が一斉に矢を射かけ敵を撃退しました。二度目の攻撃は斜面の味方に対し大きな楯を構え、矢を防ぎながら進むという具合に行われました。最初の逆茂木を乗り越え二つ目の逆茂木に到達した敵に対し、斜面上の味方は石を投げ下ろし、楯の構えが乱れたところへ柵内の兵とともに矢を射掛けて撃退しました。私が竜田を発つ直前に五度目の攻撃が行われましたが、二つ目の逆茂木を越えて、その先の落し穴に敵兵が数十人落ちました。五度の攻撃で敵は最後の逆茂木まで到達できていません。さらに、その最後の逆茂木と柵の間に大きな濠が造られています。竜田は攻撃に対し持ちこたえると思われます」

味方が善戦しているとの報告は、居合わせた饒速日以下の首長達の顔色を一気に明るくした。長髄彦は大きく頷いて、質問した。

「敵に与えた損害はどの程度に見えたか」

「死傷者ということでは、恐らく百程度と思われます。直接矛や剣を交えての戦いはまだありませんので、死者は二、三十といったところでしょう」

「味方の損害は」

新城戸畔が口を挟んだ。

「敵の矢に当たった者が五名、あるいは十名、いずれにせよ極めて軽微です」

周囲から、賞賛とも安堵とも取れる溜息のような声が出た。饒速日が、ゆっくりと王としての威厳を感じさせるような口調で直接質問した。

「して、今後、敵は攻撃を続行するだろうか、それとも引き上げるだろうか」

「本日の、私が見てまいりました感じでは敵はしばらくの間留まり、攻撃を続行すると思われます。ただし、あの濠まで到達して攻撃をあきらめると思われます。したがって、あと一日か二日で敵は河内潟のあの野営地へ戻るのではないでしょうか」

長髄彦は、先ほどからの若者の受け答えに感じ入っていた。質問に対して、予め準備していたかのように答える。首長達指揮官が知りたいと思われる観点から、竜田での戦いを観察してきている。

「それらは今ここで考えたお前の意見か、それとも物見に出ていた部隊の指揮官と話し合って出したものか」

長髄彦が尋ねると、若者は向き直り、長髄彦の目をまっすぐに見つめて答えた。

「今までの説明とご質問に対し答えしました内容は、指揮官と話し合って確認したものです」

「分かった。ご苦労だった。他に聞いておきたいことはあるか」

長髄彦は首を横に回し、傍らから後方に居並ぶ首長達に尋ねた。誰も発言する者がいなかったので横にいる饒速日に言った。

「この者にねぎらいのお言葉をいただければ」

饒速日は長髄彦の言葉を引き取って、若者に話しかける。若者が深々と一礼して、退出しようとする。新城戸畔が立ち上がり自分よりも背の高い若者の肩に手を置いて、その耳元で何か囁きながら部屋の外へ連れ出した。

しばらくして戻った新城戸畔に長髄彦が語りかけた。

「貴殿のところの兵は優秀ですな。よく訓練できている」

「お褒めいただき、ありがとうございます。しかし、そこのところはお言葉だけでなく何か褒美の品をあの者に遣わしていただきたかったですが」

周囲が笑いだした。長髄彦も笑顔となって応じた。

「おう、そうであった。品物は後で届けさせるとして、今ここで、お主を抱きしめて頭でもなでてやろう」

長髄彦が両手を広げて近づいていくと、それから逃げるようにしながら新城戸畔は狐目の目じりを下げながら答えた。

「冗談にございます」

部屋の外は相変わらず厚い雲に覆われ寒々としていたが、珍しい長髄彦のひょうきんな振る舞いに部屋の中は明るい笑いに包まれた。

三

日没直前、雲の下から夕日がのぞき生駒山の斜面が赤く染まって、その日最後の狼煙による知らせが届いた。竜田の守りは破られていない。それを確認して、計画通り長髄彦は命令を下した。

夜の闇に辺りが包まれてから、午前の戦いに参加しなかった那賀須根兵を主力とした五百が出発していった。敵の野営地と竜田との間の連絡を完全に遮断することを目的とした、葛根毘古の指揮する部隊だ。

翌日は朝から風が出て雲が飛び、午後からは薄曇となった。竜田からの狼煙による報せは規則的に届いた。相変わらず竜田への敵の攻撃は続き、竜田の柵は持ちこたえている。

日下から派遣した兵五百は役割を果たしていた。昨夜配置についてすぐに竜田からの二人一組の敵伝令を捕縛し、夜明け前後には竜田と河内潟野営地の双方からの伝令を捉えた。

想像通りだった。予想していなかったであろう激しい抵抗に遭遇した竜田の敵は、兵糧の要求か作戦変更の承認要求か、いずれにせよ野営地と連絡を取りたがっていた。捕らえた伝令は口を割らぬ者、簡単に口を割った者と分かれたが、聞くことのできた内容は想像の範囲を超えなかった。

午後になって、敵の野営地から百名ばかりの威力偵察の任務を負ったと思われる部隊が、竜田に向けて出撃してきた。谷間を進む敵を、斜面に待ち構えていた葛根毘古の部隊が簡単に撃退した。

報せを受けて長髄彦は、新城戸畔、鳥見比古達と相談し、葛根毘古の部隊に合流すべくさらに五百の兵を自ら率いて出陣した。多くの集落から詰めていた多数の鳥装の祈祷師達が武運を祈り、踊りながら見送る。日下には新城戸畔の率いる層富の部隊が残った。敵野営地の残留部隊による攻撃に備えるためだ。

薄い青と明るい白に覆われた空の下を進むのは快適だった。敵から発見されにくい山沿いの間道を進む。薄緑色の若葉の間から河内潟の水が光る。那賀須根の春の光景が頭に浮かぶ。

行程の中ほどに達したとき、日下から一番近い狼煙台に三拍の煙が上がった。敵は竜田から撤退しつつあるとの報せだ。何とか間に合った。まだ半日の余裕はあると推測する。

長髄彦は伝令を走らせた。隊列の先頭を進んでいるはずの鳥見比古と先遣の葛根毘古に、退却してくる敵主力に奇襲をかけるための準備を命じる。

部隊が目的地に近づく。険しい崖の下を大和川が流れている。右岸側には広い川原があり、少し高くなった段丘の上を竜田への道が走っている。その道の脇からは、ゆるい傾斜の雑木の生えた斜面が長く続き生駒の連山につながる。

葛根毘古の手配は完璧だった。反対方向からだったけれど斜面の林の中に潜んだ味方の兵に、長髄彦は気づかなかった。

合わせて千に膨れた味方の兵は、葛根毘古の指図に従って斜面上に姿を隠す。竜田の方向には物見の兵が出された。敵が再度竜田を攻撃し、構築された数々の障害物を突破して柵に敵兵がとりついたら、この場所から竜田へ兵を動かすことになっていた。

長髄彦は、集まってきた葛根毘古、鳥見比古等の主だった指揮官に告げる。

「ここは決戦場ではない。しかし、もし退却してくる敵の隊列が乱れていて、油断しているようであれば一気に片をつける。そうではなく、整然として粛々と進んでくるようであれば攻撃は計画の範囲内とする。いずれの方法を採るかは儂が判断する。夜襲となるかもしれぬゆえ合図は鳥の鳴き声にて行う」

指揮官達が散ってそれぞれの持ち場につく。長く退屈な、ただ待つだけの時間が過ぎていく。長髄彦は気持ちが休まらなかった。これからの攻撃についての様々な事柄が次々と頭に浮かんでくる。

〈合図に気づかなかったり聞き誤ったりしないだろうか。物見の兵が敵に捕らえられたりしないだろうか。白兵戦となって同士討ちが出ないだろうか。そもそももっと早くここに陣を布き、さらに多く

の矢や石を運びあげておくべきだった）

薄雲は風に流されて散り、日没までに空は晴れ上がった。中空の上弦の月が輝きを増していく。半月ではあっても闇夜よりははるかに良い。

日没前に物見の兵が戻った。敵本隊のこの地への到達は半刻後。竜田の柵を抜けなかったとは言え歴戦の筑紫軍らしく整然と隊列を組んで退却してくる。八半刻の距離に物見のための百人ほどの部隊を先行させているとのこと。当初計画どおりの攻撃とする。長髄彦は伝令を走らせる。六分の一里（約七十米余）下流の斜面上の鳥見比古に同じ情報を伝え、現時点での攻撃計画を徹底する。

長い半刻が過ぎて、道ではなく川原を進んでくる黒い一団の人影が目に入った。少しの距離を置いて右岸の道を別の一隊が歩いてくる。西の空に輝く半月に照らされて、筑紫兵の手にした矛がきらきらと光る。先頭の兵は長い竿を手にしている。竿の先には鳶か鳥と思われる青銅製の鳥が光っている。

（先行の偵察部隊だ。百人。物見の兵の報告は正確だ。やり過ごそう。二日間の激戦を戦ってきたはずなのに、整然と隊列を維持している。さすがだ。侮ってはならない）

長髄彦の潜む斜面のすぐ下を筑紫兵が進む。筑紫兵は隊列を組み、手にした矛の先をほぼ同じ七十度の角度で進行方向の空を指して進んでいく。

四

先行する部隊が通り過ぎる。僅かな時間をおいて松明の灯火が遠く闇の中に瞬く。またたく間にそれは数を増していく。光の揺れる帯となって、敵軍の本体が近づいてくる。

敵兵の姿が目に入りだす。先行部隊と同様に先頭に鳶か烏の鳥竿を押し立てている。二百人ほどの前衛の後ろから、時折肩に支えられた者、矛を杖代わりに足を引きずる者、両側から支えてもらってようやく歩ける者が混じりだした。梯子の上に寝かされ、四、五人で担ぎ上げられている者もいる。

兵士達の手にした楯に描かれた紋様から判断し、長髄彦の予想を下回り筑紫の兵は少数だ。川沿いの道だけではなく、春の水量の少ない大和川の川原を埋め尽くして、敵軍主力が斜面の下を通り過ぎてゆく。長髄彦は腹をくくった。事前の計画では、敵の隊列が乱れていない場合は後ろ四分の一、乱れていれば半分を残してその間に楔を打ち込むように攻撃すると決めていたが、残り三分の一で攻撃することにした。

長髄彦は右手を上げた。伏せていた兵士達が起き上がり中腰となった。敵兵の歩みは遅い。目算でさらに二百の敵兵を勘定して長髄彦は、斜め後ろの兵士に合図した。周囲の弓兵は弓に矢を番え、歩兵は手に石を握った。

兵士が両手を口に当て梟の鳴き声を出す。ホウ、ホウと二度続けて鳴き声を出し二拍の休みを入れさらに二度、声を出す。さらに休みを加えて繰り返す。三回目の繰り返しが終わると同時に一斉に矢が放たれた。春の乾いた空気を切り裂いて、矢が音を立てて飛ぶ。続けて石が投げられる。

何百もの矢が敵兵の頭上から降り注ぎ悲鳴と怒号が響き渡る。石が落下する。敵兵を外れた石が川原に落ち金属音を立てる。月の光に照らされて敵の混乱が見える。声を出し走りだす者、楯を頭上に構える者とばらばらに動いている。さらに二斉射が行われて、長髄彦は突撃と大声で命じた。

鬨の声を上げて兵士が斜面を下る。一部の敵兵が道の斜面側に楯を構える。楯の間から矛を突きだし迎撃の姿勢をとる。駆け下りた味方の兵士が敵の楯の列に楯と槍を手に握りしめて飛び込む。楯と楯、矛や槍と楯のぶつかる音が響く。斜面を中腹まで下りた弓兵は同士討ちを避け、味方を迎え撃つ敵隊列後方の敵兵に射掛ける。

ほとんどの兵はすでに斜面を駆け下りていて、長髄彦の周りには警護の五人の兵士だけとなっていた。その兵士達の顔を一瞥し、行くぞと声をかけた。年長の兵が声を上げて制止したが、長髄彦は無視した。

足元に注意しながら剣を抜いて右手に、左手に楯を持って斜面を早足で降りる。

長髄彦は斜面の中段、味方弓兵の隊列で止まった。戦場の様子を眺める。弓兵の狙い撃ちが効果を上げているように思えた。警護の若い従兵が上流方向を指差して声を上げた。

「殿、あちらを。あれは味方の兵ではないでしょうか」

月明かりの僅かな光を反射して槍の穂先が光っていた。蟻の群れのような黒い一団が道から川原に広がって近づいてくる。群れの最後尾は暗くてよく見えない。長髄彦は少なくとも五百は超えると推測した。竜田からの増援は当てにしていなかった。先の日下での会議においても、追撃戦は慎重にという結論だった。その判断は竜田側に任せるとなった。

竜田からの援軍が声を上げて敵の最後尾に襲いかかる。その声が響いたのと、敵軍の先頭側が敗走しだしたのはほとんど同時だった。長髄彦は傍らの兵に告げた。

「鳥見比古を探しだして伝えよ。敵兵の逃げ道を空けよ。味方にこれ以上被害が出てもつまらぬ。二人で行って探しだして伝えよ」

長髄彦は伝令の二人が去って残った兵一人の顔を見て一声発し、楯と剣を持って斜面を駆け下りた。敵兵が三人、固まっているのが目に入った。怒声を上げ、楯を体の前に構え、そのまま体当たりした。頭の中は真っ白で、恐怖も不安も、妻子のことも、何も無い。

楯と楯、楯と鎧の当たる音が耳に響く。目の下から頬にかけて斜めに刺青を入れた中年の敵兵の顔が目の前にあった。長髄彦の剣が敵兵の脇腹を突き刺す。剣は泥土を突き刺すように骨の間の柔らかな肉と内臓を貫いていく。敵兵の、一杯に開いた血走った眼に絶望が浮かぶ。大きく開いた口の奥から怒りとも悲鳴とも判断のつかない絶叫が絞りだされる。ついで、体の奥からゴボゴボと血が噴出して敵兵は絶命した。

長髄彦は刺殺した敵兵の眼から目をそらし、剣を抜きあげようとした。敵兵の筋肉が長髄彦の剣を包み込むように絡みつく。剣は動かない。突き刺したとき以上に力が要る。

ようやく抜きあげた剣を左上に振り上げ、右に振り下ろす。長髄彦の右横にいて味方従兵と剣を切り結んでいる敵兵の兜の下、頚動脈を剣は直撃した。剣を握る右手に石を叩いたような衝撃が走る。血が噴出する。月の光に照らされて、上部は赤黒く下部は青黒い液体の流れが空を飛ぶ。顔にかかって長髄彦は目をつぶった。剣を戻し、目の周りを左手で拭い次の敵を探した。

白兵戦は長くは続かなかった。それでも長髄彦の体力には充分過ぎる長さだった。二人の敵兵の首に剣を振り下ろし、二人の敵兵の背と腹に剣を突き刺した。さらに一人の太腿を払った。

立っている敵兵が見当たらなくなって長髄彦は戦いが終わったことに気づいた。伝令から戻った者も加えて三名の兵が周囲を固めている。剣を握った掌が開かない。右腕に激しい疲労を感じる。

葛根毘古が走り寄ってきた。

「長髄彦様、ご無事で。大勝利です」

長髄彦は頷いた。葛根毘古の目に勝利の喜びと、長髄彦が戦闘に加わったことに対する非難の両方が浮かんでいる。ようやく広げた右手のひらを左手でさすりながら口を開く。

「上で眺めていると退屈でな」

横に従っている若い警護の兵士達を眺めて微笑みの表情を浮かべ、さらに加えた。

「儂以上に、こいつ等が我慢できなくなってな」

従っていた警護の兵三人が驚いた表情を長髄彦に向けた。葛根毘古は分かっているとでも言うように、口元に笑みを浮かべて三人を眺め、空いていた左手を動かし、掌で三人を制して言った。

「おぬし達。殿を戦闘に巻き込んで危険にさらしてはならぬ。二度とこのようなことがあってはならぬ」

柔らかな口調に素直に、兵達は分かりましたと答えた。葛根毘古は長髄彦に向き直る。輝く半月に照らされた口元の髭に白いものが混じっているのが見えて、長髄彦は不思議なものを見た気がした。戦場では皆、普段と異なる顔つきをしている。

「勝閧を上げるように御命じください」

長髄彦は葛根毘古に催促されて少々あわてた。頷いて剣を右手に持ち、それを夜半近くの星空に突き上げて叫んだ。

「大勝利じゃ。者ども、勝鬨を上げよ」

低い声、太い声、高い声、腹の底からの様々な叫びが川の流れの音を掻き消す。叫びは長髄彦の周囲から湧き起こり、上流の竜田からの兵達や下流の鳥見比古の兵達の間にひろがり、谷間に響き渡った。

横になっている敵兵の生死を確かめ、降伏した者、軽い負傷者を一箇所に集める。敵兵の武器武具を集め、使用できる矢を拾い集めた。

長髄彦よりも年長の阿加賀根が息を切らせながら小走りで来た。小太りの猪祝が下三白眼を月の光に反射させせて追ってくる。それに鳥見比古が集まって来た。完璧な勝利に、皆、顔をほころばせている。長髄彦は竜田勢に素直に頭を下げた。

「続いた攻撃に耐え、更に増援までしていただきありがたく存じる。おかげで完勝することができました」

「我等が到着した折には、あらかた勝負はついていました。見事な戦いぶりにございました」

最年長の阿加賀根が応える。長髄彦は戦の後処理を、戦場からの距離の近い竜田からの兵を率いてきた阿加賀根と猪祝に任せて引き上げた。敵の死者百、捕虜三百五十の大勝利だった。

日下に帰り着き、饒速日に結果を報告し、早々に長髄彦は寝所に引き上げて横になった。

夜襲に備えて武具を着けたまま体を横たえる。目を閉じると、今日一日の戦場の光景が走馬灯のように甦る。返り血を浴びたままの鎧の胴から、こびりついた血の匂いが漂って鼻に届く。剣と楯を振り回した両腕と走り回った脹脛がこわばっている。

興奮した頭で妻子のことを思った。妻の顔が浮かび、三輪山を後景に子供達の駆け回る姿がまぶたの裏に浮かぶ。子供達にはこのような厳しく酷い日々を送らせたくないと思う。眠れない。

長髄彦は思いを変えることにした。

（今日はいい一日だった。何故なら、激しい戦闘をくぐり抜けて今、こうして生きて横になることができている。生きていれば妻や子等と会える。明日もきっと、今日のようないい日に違いない）

ようやく長髄彦は眠りについた。

五

三日間が何事もなく過ぎた。四日目に敵野営地に十隻の船団が到着した。海上の戦力を持たない日下の味方には、眺めて見過ごす以外に選択肢は無い。

味方の物見の兵士の見守る目の前で大量の荷が揚げられた。続いて、恐らくは負傷兵と思われる兵士達が乗船した。そして、その翌日には二十隻を超える船団を組んで出帆していった。

新たな荷が届いて、敵野営地内の動きが活発になった。人が荷を担ぎ、動き回り、数多くの煙が立ち昇った。物見の兵からの報告を受けて日下の長髄彦達は、敵の新たな攻撃が数日中に始まるということで一致した。

問題は敵が何処へ進むかだ。再び竜田を目指すだろうと言う者、乗船して、白肩へ向かうという者、様々だ。長髄彦には敵がせっかく構築した野営地を簡単に手放すことはないように思えた。それになにより、我等はこの日下で決戦を挑むつもりだ。そのために冬の一月間、資材と人をこの地につぎ込んできた。竜田から引き上げてきた敵を奇襲したときも、日下の全兵力で決戦を挑むようなことはしなかった。

議論は収束せず、長髄彦は痺れを切らせて口を開いた。

「船に荷を積む動きは報告されていない。したがって、現時点では他の地点に船で移動するということは考えずとも良いと思う」

饒速日王と新城戸畔を筆頭にした首長達の顔を見回した。誰も下を向いたり顔を横に向けたりしていない。話を続ける。

「敵はかなりの労力を費やしてあの野営地を構築した。簡単にそれを手放すとは思えぬ。再び竜田なり、あるいはさらに南を目指すかもしれないということについて考えてみよう。敵が竜田を攻めるには前回以上の兵力を持って、前回以上の犠牲を覚悟して攻めることになる。先の竜田防衛戦および続いての我等の奇襲の成功により、敵兵力に野営地を守りながら前回以上の兵を竜田攻めにつぎ込む余裕はない。前回よりも少ない敵兵の守る野営地に、日下にいる我等が攻めかかるということは自明だ。南を目指すということは考えられるが、それは南の竹内の道に竜田のような柵が無いことを敵が知っていることが前提だ。幸いなことに、敵野営地南側を包囲している新城戸畔殿の兵がそれを知られることを阻止している」

長髄彦は右手を少し上げて、新城戸畔を指した。新城戸畔は他の首長達に分かるようにその頭を上下にゆっくりと動かした。

「したがって、竹内の道にもそれなりの防備がなされていると彼等が考えるのが自然だ。残された敵の選択肢は一つだ。生駒直越えの道を目指し、この日下を攻撃してくる」

聞き入る首長達の顔に反意や不満は浮かんでいない。長髄彦は少し声の調子を変えて重々しく、低く太い声を出した。

「我等はこの日下の地で決戦を挑むべく準備をしてきた。明朝、夜明けとともに敵に決戦を挑む」

長髄彦は横を向き、王の副官を務める阿夜比遅に向かって言った。

「王のご裁可を仰ぎたい」

有無を言わせぬような物言いに、阿夜比遅は慌てたように小さな声で返答して傍らの饒速日に向き直った。

「ご裁可をお願い奉ります」

饒速日はゆっくりと前に進んで、長髄彦の隣に立った。自分よりも背の高い長髄彦の顔を見上げ、そして首長達に向き直る。背筋を伸ばし、胸を張る。口から出たのはいつもと異なり、珍しく叫ぶような、高い声だった。

「明朝、日の出とともに攻撃する。我等の存亡を賭けた一戦となろう。この国を守り、我等が愛する家族、愛する妻子を守るため戦う。諸君の流す汗と血の一滴、一滴が勝利につながる。諸君の奮闘を祈る」

饒速日にしては珍しく熱気と興奮を表に出した言葉だった。長髄彦は、饒速日の裁可するという言葉を受けて饒速日が叫んだ言葉を言うつもりだった。

新城戸畔が長髄彦の顔を見ている。浮かべた表情は違っているけれど、葛根毘古も長髄彦の顔を見ている。長髄彦は、右手を突き上げてそして叫んだ。

「戦おう。必ず勝利しよう」

新城戸畔が続き、鳥見比古が続いて皆が声を張り上げた。部屋中に叫び声が充満し、互いに肩を叩き、鎧を勢いよくぶつけ合った。

長髄彦は伝令を竜田に向けて送った。日没には時間を余らせて首長達との会議を終えた。長髄彦は、那賀須泥の兵への計画の徹底を葛根毘古に任せて指揮所に残った。散会しそれぞれの持ち場へと散っていく首長達を見送って、回廊へ出る。両腕をあげて思い切り背伸びして東の斜面を見上げた。

冬は去り、生駒の急斜面の上、目にすることのできる範囲の木々は全て萌える若葉に覆われている。河内潟の冬鳥は去って白い夏鳥が嘴を干潟の泥に突っ込んでいた。

六

木々の枝と葉を鳴らす風の音で目が覚めた。鳥もまだ啼きだしていない。長髄彦は横になったまま目を開けた。外はまだ暗い。時刻は分からない。

（まだ早い。皆を起こしてはかわいそうだ）

計画を頭の中で繰り返して時間を過ごそうとして、再び目を閉じ寝返りを打つ。傍から、八江香流男の囁き声がした。二日前に二十人の男達に荷を担がせて日下に到着していた。

「殿、そろそろよろしいのでは」

長髄彦はなるべく音を立てないようにして上半身を起こし、枕元に置いていた衣服を身に着けだす。八江香流男がそれに続く。部屋の中のほとんどの者が動きだす。長髄彦は、自分が一番遅くまで寝入っていたことに気づいた。着衣を身に着ける動きが早くなる。

跳ね扉を押し上げて長髄彦は一番に建物の外へ出た。夜明け前の闇に流れる冷気が、夜具の中で温まった肌を刺す。河内潟の向こう、空はまだ暗い。右手遠くに六甲の山並みが黒々と横たわっている。ゆっくりと体を伸ばし、大きく口を開けて欠伸をした。

昨夜のうちに準備されていた冷えた朝食をとり、長髄彦は闇の中の道をたどって指揮所へ向かう。すでにそこには新城戸畔と鳥見比古が顔をそろえていた。二人以外の首長達は、今朝は指揮所に顔を見せていない。すでにそれぞれの持ち場についている。二人から準備は整っているとの報告を受けた。

饒速日が松明を手にした阿夜比遅に先導されて現れた。饒速日が長髄彦の顔を見る。長髄彦は体を三十度倒し、饒速日王に短く報告する。

「全員、配置についております」

饒速日は頷き、傍らの阿夜比遅へ手を伸ばし、松明を受け取る。右口端を引き攣らせるようにしながら声を出す。

「神々の御加護がありますよう」

低音の抑えた、明瞭な声だった。

饒速日が松明を持つ手を伸ばしてきた。長髄彦は短く、はっとだけ答え、松明を押し戴く。長髄彦の両脇に、半歩下がって控えていた新城戸畔と鳥見比古の二人も同時に頭を下げる。

長髄彦は回れ右をして部屋の外の回廊へ進み、松明を高く掲げる。続いた二人が背後に並んで立ったのを背中に感じ、松明を左右に大きくゆっくりと振った。

建物の下、小さな広場には篝火の明かりに照らされて、十人を超える祈祷師が長髄彦を見上げていた。振られた松明を見て、祈祷師達がそれぞれの集落に伝わる出陣の祈りを始める。声を上げ、体を動かし、踊りだす。銅鐸が振り鳴らされる。身に着けた、玉、碧、貝殻や磨かれた鳥の嘴が激しく動き、音を立てる。周囲がまだ闇の中、祈祷師達の朱や白の顔料で塗りたくられた顔や体が篝火に照らされて飛び跳ねている。

南の闇を透かして見つめる長髄彦の目に、遠く三里半（約千五百米）先の丘の上で、小さく松明の火が揺れるのが映る。横に立っていた新城戸畔が短く言う。

「伝わりました。始まります」

鳥見比古が、狭い額の下の黒目の大きな目を大きく見開き、並んで立つ饒速日と長髄彦に僅かに頭を下げて言った。

「私も後を追います。必ずや敵を討ち果たします」

「神々の御加護を」

饒速日が短く応え、長髄彦も斜め後ろの鳥見比古に体を向けて同じ言葉を吐く。

長髄彦は再び南に向き直り、左右に振られた松明が丘の向こう側に消えていくのを目で追う。その先の第二梯団本隊の松明を探すが、それは丘の頂に隠れて見えるはずもない。

そのさらに先の敵の野営地と日下の中間に近い地点に、第一梯団が昨夜のうちに進出しているはずだった。柵の門を出た鳥見比古が供の兵数人を引き連れて第二梯団本隊を追いかける灯が遠ざかる。

長髄彦は全軍を四つの集団に再編成した。先陣を切って敵野営地を奇襲する第一梯団は、信頼する直属の部下の葛根毘古に指揮を執らせた。那賀須泥と層富の、若く、持久力のある歩兵三百と弓兵百で構成されている。第二梯団は登美尾の兵四百を鳥見比古が率いる。残りの半分の四百は長槍を装備して新城戸畔が指揮し、最後の集団は各集落から集められた弓兵で組織され、日下の柵の中に残って長髄彦の指揮を直接受けることになっていた。

七

左手、生駒の斜面上の空を仰ぎ見れば空は黒紫色から薄紫色に変わっていた。鳥が囀りだしていつもの春の朝が始まっている。

指揮所の中で饒速日が立ったり座ったりと落ち着かない。新城戸畔は床机に腰を下ろしたまま腕を組み、目を閉じている。長髄彦は出発の合図を送った後もそのまま回廊に立ったままでいた。両足を肩幅に開き、両腕を胸の前で組んで南の彼方を凝視する。

日下の柵の中で敵を待つ四百の弓兵と、柵から二里（八百四十米）先に設けられた土塁の横、生駒の山裾の斜面に隠れている新城戸畔の指揮する四百の槍兵の視線を意識して長髄彦は立ち続けた。半歩下がった傍らに八江香流男がいつの間にか来ている。回廊の下では祈祷師達が当初よりは体の動きは鈍くなったものの、まだ踊り続け、祈り続けていた。

空はすっかり明るくなり、ところどころに淡紅色に染まった雲が浮かんでいる。南の生駒から連なる稜線の東側が、梔子色や橙色に染まった。

長髄彦は部屋に入る。ゆっくりと部屋の中を歩き回っている饒速日の顔を見る。

「日の出にございます。攻撃は開始されていると思います」

ゆっくりと、独り言のように饒速日に報告した。傍らで腰を下ろした新城戸畔が薄目を開け、口を開く。

「それでは私は兵のもとへまいります。何も連絡が無いということは予定通りに進んでいるということでしょう。敵をこの柵に近づけることは絶対にいたしません。我が精鋭の働きをご覧いただきます」

立ち上がり、饒速日に軽く頭を下げた。饒速日が型どおりの言葉を丁寧に述べた。長髄彦は新城戸畔の顔を見つめ、小さく頷いた。新城戸畔はそれに応えて頷き、それでは、と短く別れの言葉を発して部屋を出ていった。

しばらくして長髄彦は再び回廊に出た。壁に寄りかかり、日が昇って急速に気温が上昇していく外気に身を晒した。やがて、生駒の稜線から日が顔を出し、春の陽光が長髄彦の身を包む。待つ時間の退屈さと気持ちのいい春の陽が、長髄彦の目蓋を押し下げる。壁に寄りかかったまま眼を閉じていると八江香流男の声がした。長髄彦は自分が眠っていたことに気づいた。

「前線よりの伝令と思われます」

八江香流男の指差す方向へ目をやると、小さな黒い点が目に入る。その小さな点は三里半（約千五百米）先の小高い丘の上にあった。その丘は生駒の斜面から舌状に河内潟へ突きだしている。

右手を額に当てて日差しをさえぎり、長髄彦は見つめる。その点は丘の北斜面を転がるように駆け降りて長髄彦の立つ回廊に近づいてくる。それは、武具を外した身軽ないでたちの伝令だった。

長髄彦は首を回し、部屋の中に声をかけた。

「伝令です。まもなく到着します」

饒速日と阿夜比遅の二人が部屋の中から飛びだしてきた。

「第一報だな。良い報せであろうか」

饒速日が言った。

（そんなこと、聞いてみるまで分かるはずが無いではないか。つまらぬことを言う）

それでも長髄彦はその思いを隠し、ゆっくりと短く答える。

「分かりませせぬ。ほぼ予定どおりの第一報です」

（余計なことを言うのは止めよう。余計なことを言って、饒速日が右往左往して余分な命令を出すことになってはつまらぬ）

春の日を浴びて汗まみれになった伝令が到着した。予め阿夜比遅が準備しておいた汲み置きの水をのどに流し込んで、指揮所に続く階段を登ってきた。

長髄彦は床机に腰を下ろした饒速日の傍らに立って、報告を聞いた。見たところ年頃二十前の兵士は王と全軍の指揮官の前に出た緊張と半刻もの間を駆け続けた疲労の両方からか、直立したまま口を動かせなかった。渡来系の血が混じっているらしい面長の顔で、一重の切れ長の両目の間が離れている。長髄彦は柔らかく語りかけた。

「ご苦労だった。息が収まったら話すが良い」

兵士は大きく深呼吸をして、口を開いた。

「葛根毘古様指揮の先頭集団は日の出前後に敵野営地前に到着し、直ちに火矢を射かけ、攻撃を開始いたしました。敵野営地の柵まで百歩（歩＝約三十五糎）近くまで接近し矢を射掛けましたところ、敵歩兵が柵内より打って出てきました。敵兵は我等の襲撃をあたかも予測していたがごとく、次から次と打って出てきまして」

兵士が早口でまくし立てたので、長髄彦は右手を上げ、手のひらを兵士に向けて兵士の話を制止した。

「ゆっくり話せ。我等には時間は十分ある」

長髄彦は笑顔を浮かべ、今度は手を下から上へ団扇を煽るようにして、さらに加える。

「さ、大きく深呼吸、深呼吸」

兵士は長髄彦の手の動きに合わせて深呼吸を繰り返し、中断されたところを思いだすようにした後、話を再開した。

「敵兵の数は味方の兵を上回るものとなり、葛根毘古様の命令で後退しました。正確には算を乱して逃げたという方が正しいです。我等登美尾勢が隊列を布いた後方の陣に逃げ込んできました。鳥見比古様は葛根毘古様の兵を後ろに逃がした上で、寄せてきた敵を喰い止めました。そこでしばらく防戦して私が使いに出されました。鳥見比古様の御命令は敵兵は増加し続けている、したがって早目の退却をすることになる、以上お伝えしろとのことでありました」

「その方が鳥見比古の陣から日下に向かうとき、葛根毘古の兵を追い越したであろうが、どんな状態だったか」

長髄彦が発した質問に、若い兵は報告に含めなかったことを悔やむように答えた。

「はい。大切なことが抜けておりました。葛根毘古様の兵は鳥見比古様の陣の後方、二里弱(八百米)程の地点、斜面の上に楯を並べて陣を構えつつありました」

長髄彦は大きく頷き、顔をめぐらせて饒速日を見た。饒速日は頷いて長髄彦の顔を見返した。

「ご苦労だった。下がって休むが良い」

伝令が退出して饒速日が言った。

「敵は出陣の準備が整っていたらしい。我等が攻撃せずとも日下に寄せてきたかもしれぬ」

「敵を間違いなくこの日下に攻め寄せさせるために兵を出しました」

長髄彦は、間違いなくという言葉に力を込めて返答した。饒速日は即座に自らの失言に気づき、話題を変えた。

「予定が早まりそうとは言え待つのは長い。じっと我慢して待つより手は無いのであろうな」

長髄彦は饒速日に分かるように大きく頷いて御意と答え、それからゆっくりと部屋の外へ向かった。冷えた室内よりも春の日の射す戸外の方が暖かく感じられる。

八

昼食を簡単に済ませ、長髄彦は部屋の中から回廊へ持ちだした床机に腰を下ろして待った。二人目、三人目の伝令がやって来て戦況を伝えた。長髄彦は昼食後の気だるさと、戦いを前にした緊張の不思議な釣り合いの中で、鈍りがちな頭で考える。

（すべて予定通りだ。想定どおりに事は運んでいる。時間的には早目の進捗だけれど、それでも想定した範囲内の進行だ。あわてることは無い）

長髄彦は自分が直接指揮する部隊の内、二百の弓兵を先に出発させた。柵から二里（八百米）弱南の土塁に、弓兵が進出する。饒速日が長髄彦にならって床机を持ちだし、並んで腰を下ろす。足を回廊の手すりに上げて、壁に背を預け、二人はさらに待った。

陽が中天と西の地平線の中間まで進んで、南の空に白い煙が上がった。長髄彦はうとうととしていたので、その煙を先に発見したのは饒速日だった。饒速日に続いて勢い良く立ち上がり、長髄彦は言った。

「ようやくやって来ましたか。それでは行ってまいります」

頼みますと饒速日は答え、長髄彦の両手を握る。一呼吸の間、二人は見詰め合い、長髄彦は義弟にあたる王に向かって口を開いた。

「必ず勝利します。ご安心ください」

言い終えて長髄彦は身体を回す。いつの間にか兜を被った八江香流男が背後に立っていた。階段を足音高く駆け下りる。八江香流男が続く。直衛の兵が五人、完全武装で待ち構えている。長髄彦はそのまま集落を囲む柵の出口に早足で向かう。

七人は、緩い下り坂の二里弱の距離を小走りに駆け抜けて、二百の弓兵が籠る防御線にたどり着く。前面に逆茂木を置き、すぐ後ろに腰の高さに土塁が築かれ、さらに土塁上に脇の下までの高さの柵が構築されている。土塁は東西に三分の一里（百四十米）の長さがあり、五箇所の切れ目が、前線から退却してくる味方の兵士を収容するために設けられていた。

すぐに集まってきた十人ほどの指揮官を前に、長髄彦は言った。

「いよいよ敵が来る。諸君達の腕の見せ所だ。諸君達の長かった日下での日々を、今日で終わらせる」

一段声を大きくして続ける。

「敵を海へ叩き込め。諸君の愛する家族を守るために血を流せ」

言葉を再度切って、長髄彦は眉間に縦皺を刻み、目を大きく見開いて男達の顔を見回す。トーンを下げ、意識して重々しい声で語りかける。

「良いな。組織的な、秩序だった諸君の行動が勝敗を決める。僅かな距離だが、まずは敵を誘い込む退却を上手くやれるかどうかが、その後の決戦の勝敗を決める。諸君の活躍を期待する」

男達は鋭く声を発して、長髄彦の言葉に応えた。長髄彦が解散を宣告して、男達はそれぞれの持ち場に散っていった。

長髄彦は土塁中央に南を向いて足を広げて立つ。右手を後方へ伸ばし、待機している従兵に兜を要求する。受け取った兜を被り終えて、腕を胸の前で組み、南、三里半（千五百米）先の丘の稜線を凝視した。

半歩下がって八江香流男が立ち、その背後に警護の五人の兵が立つ。長髄彦の鎧兜には朱が塗られている。味方の全ての兵は、遠くからでも長髄彦の存在を知ることができる。

自身の若き日の経験から長髄彦は、指揮官の自分の身を部下の兵達から見える位置に晒すことが、味方の兵達の士気を高めることに役立つと信じていた。自分よりも上位の者が自分の活躍を見ていてくれているということは、士気を保つには有効な手段だ。見ていてくれてさえいれば公正に評価してくれる。鎧兜を朱に塗ったのも、その理由からだ。

敵の迫ってくる南に目を据えて、妻と子等を思い浮かべる。

（お前達を守るために自分は戦う、そして必ずお前達の待つ那賀須泥へ帰る）

左手の斜面の林の中に潜む新城戸畔の兵から、撤退してくる味方の兵が見えたとの声がかかった。すぐに長髄彦の目にその姿が入る。三里半ほど先の小高い丘の頂に一人の兵士が姿を現した。目を凝らすと、その兵士は兜を被り、竹片を編んだ帷子を身に着けていた。剣を手にしたその姿は那賀須泥の指揮官の一人に違いない。瞬く間にその指揮官に続く兵士達が姿を現す。足を引きずる者、戦友に肩を借りる者、負傷者が多い。歩みも遅い。丘を下り向かってくる味方の兵が一里（四百二十米）を切った距離に近づいて、長髄彦は、振り向いて言った。

「それぞれから三分の一の兵を出せ。負傷者を収容するのを手伝え」

敵兵の姿がまだ目に入らないことを確認しての命令だった。負傷者を土塁の防衛線へ収容し、さらに集落への後送が始まって、味方の殿《しんがり》を務める部隊の本体が目に入る。二つの梯団が交互に防衛線を布いて、撤退を掩護《えんご》しあうという形は維持されている。

丘の頂に最後の防衛線を布き、敵の圧力を支えようとしている。その間に味方の半数が、長髄彦のいる防衛線へたどり着く。長髄彦の立ち位置から敵兵の動きは見えなかったが、算を乱して味方の兵が丘を駆け下りてくるのは、はっきりと見えた。

丘の上の防衛線は、せいぜい三百にしか見えない。長髄彦のいる陣に向かって丘を駆け下りてくる兵も三百。双方ともおおよそ四分の一の兵力を失っている。

長髄彦は、土塁の内側の、跪いて隠れるようにしていた二百の弓兵に立ち上がるよう命じた。退却してくる味方の兵から見えるようにするためだ。引き上げてくる最初の集団の先頭が、防衛線まで僅かの距離となって長髄彦は大声を出した。

「止まれ。隊列を整えろ。戦える者はここに留まれ。負傷者は集落まで戻れ」

長髄彦は、退却してきた登美尾の下級指揮官らしき男を捉まえて戦況につき尋ねる。指揮官は顔と武具に返り血を浴び、太腿には傷を負っていた。それでも深呼吸をして息を整え、長髄彦の質問に答える。

「敵軍の兵力は二千と思われます。千ずつの二段に分かれて追ってきています。鳥見比古様、葛根毘古様、ともにご無事であの丘の上におられます」

なるほど、敵は侮れない。竜田の帰路の、斜面からの不意打ちの教訓だろう。しかし、それが味方の秩序だった退却戦を可能にしている。想定どおりだ。

最初の梯団の全員が、まだ長髄彦の陣に収容し切れていないうちに、丘の上の最後の防衛線が崩れだした。防衛線の主力となっていた弓兵が長髄彦の陣に向かって駆け下りだした。後ろを楯と槍を持った歩兵がついてくる。最後まで、撤退の形が何とか保持されたことに、長髄彦はある種の感動を覚えた。強力な敵の攻撃にさらされてなお、愚直なまでに約束事を守ろうとしている。敗走ではあっても、壊走ではない。秩序は保たれている。

味方の兵が丘を下りきる前に、五分の一里（八十五米）をきる距離を置いて、敵兵の先頭が頂に姿を現した。楯と矛を持った歩兵が姿を現し、その数は見る見る増え、横に広がり、数百人の隊列が作られる。ついで現れた弓兵が隊列の前に出て、斜面下の退却する味方の兵に、矢を射掛ける。味方の最後尾の兵が、敵の斉射の度に数人ずつ倒れていく。弓矢の射程距離外に味方が逃れると、敵の隊列が動きだし、斜面を駆け下りだした。

鉄製の黒い武具を身に着けた西国からの兵が、黒い布のように、あるいは蟻の集団のように斜面を埋め尽くす。二里（八百四十米）近くの距離を置いてさえ、長髄彦には筑紫勢が、狩の獲物を追い詰めるように勝ち誇って駆け下りてくるのが分かった。

疲れきった味方の最後尾と敵兵の距離が縮まっていくのを見つめて、長髄彦は声を上げた。

「弓兵の半数を二百歩前方へ出せ。追ってくる敵から味方を守れ」

弓兵百が駆け足で前進し、横隊となって構えるのと、退却してくる味方の先頭がその線に到達したのはほぼ同時だった。その場所に留まろうとする味方に、長髄彦は土塁まで下がるように大声で命じた。声は届かない。斜め後ろに立った八江香流男が首を回し、警護の兵に命じた。すぐに兵二人が長髄彦の命令を伝えに、土塁の間から飛びだしていく。

退却してきた兵が再び動きだし、土塁に到達したときには、前進した弓兵が敵先頭に斉射を開始していた。味方の最後尾は数名の負傷者に肩を貸した男達と、それを守る兵とで二十名ほどの集団だった。長髄彦が見つめている間に、敵の先頭に二度追いつかれ、その度に数名の兵が倒れていった。その集団が前進した味方弓兵の制圧する距離に入って、敵の先頭がその外で停止する。土塁上の味方の兵士達に声が上がる。見事な退却戦だと長髄彦は思った。

九

屈強な兵士二人の肩に両腕を預け、ほとんど身体を宙に浮かせるようにして葛根毘古が土塁の防衛線へたどり着いた。土塁上の長髄彦のところへ上ってきても、右腕を傍らの兵士の肩に預けたままだ。先に到着していた鳥見比古と並んで、長髄彦へ戦況報告をする。登美集落の首長である鳥見比古が口火を切る。狭い額に数本の横皺が走る。右頬の笑窪はいつもどおりだが、青黒い顔に、縦に二本、人の字型に墨の入った刺青がいつになく映える。

「ただいま戻りました。敵は千ずつの梯団を組んで追ってきています。百人は倒したと思いますが、味方は、その倍の損害を被っていると思われます。申し訳ありません」

「梯団と梯団の間隔は一里（四百二十米）ほどで、敵はその間隔を厳しく守っています。待ち伏せによる不意打ちを警戒しての陣構えかと存じます」

葛根毘古が補足した。長髄彦は頷き、そして言った。

「ご苦労だった。想像以上に退却戦は厳しかったようだ。二人ともよく無事で、最小の被害で戻ってくれた。ここは任せて、日下の柵の内に行け。そこで態勢を立て直すのだ。もう一働きしてもらわねばならない」

闘志に溢れた二人の目を見て、長髄彦は笑顔を浮かべて続けた。

「葛根毘古、お主は日下の柵内の弓兵の指揮官と持ち場を代わるが良い。その身体では歩兵の指揮は無理だ。早くここを引き上げろ」

土塁上の弓兵の射程ぎりぎりに敵は楯を並べた。楯の陰から射掛けた矢の中の何本かが土塁上に届きだした。前進して葛根毘古の兵の後退を掩護した弓兵が、土塁へ帰着して、土塁上の隊列に加わる。

「応射は半数ずつ交互に」

長髄彦は変わらず土塁上に仁王立ちのまま低い声で命じた。

「応射は半数ずつ」

長髄彦の警護についている兵士が左右に向かって大声を出す。

「葛根毘古殿が日下までの距離の半ばまで到達しました」

八江香流男が告げた。敵は、大型の木製の楯を最前列に並べ終えている。その後ろに張り付くように、矛を持った敵兵士が密集している。

葛根毘古が半刻前に最終の陣を布いた丘の上に、敵の第二梯団が姿を現した。傾き始めた陽の逆光の中で、その蟻のような群れはさらに黒さを増して増え続けている。群れの先頭には、大和川の川岸で見かけた鳥竿が数本掲げられていた。青銅製の鳥が日の光を受けてきらきらと金色に輝いている。

丘の上の味方の出現に勇気付けられたのか、敵最前線の楯がゆっくりと動きだした。

「楯の後ろの敵兵を狙え」

続けて長髄彦は命じた。丘の上の敵兵は動かない。時折光る鳥竿を見て、敵の総大将がその下にいるのだろうと思った。丘の下の並べられた弓矢よけの楯の列がじりじりと近づいてきて、長髄彦はさらに命じた。

「全ての弓で射よ」

迫ってくる敵の楯の陰から射掛けてくる矢の、身近に達する頻度が増した。

「長髄彦様、危険にございます。陰にお隠れください」

周囲から頭ひとつ抜きん出た長髄彦の姿は敵兵にも目につく。長髄彦には、敵兵の弓矢の狙いが朱色の冑を被った自分となっているように思えた。警護の兵が一人、真横に進み、手にした楯を長髄彦の面前に差しだした。不意に日を遮られ何も見えない。物凄い衝撃音が長髄彦の耳に響いた。おもわず身を縮める。矢が防がれたことを理解して、長髄彦はすぐに体をもとに戻した。身を縮めた動作が恥かしかった。照れ隠しもあって、長髄彦は尋ねた。

「葛根毘古は何処まで進んだか」

「三分の一里（百四十米）をきりました」

「よし、ここから半数を引き上げさせろ。儂が殿《しんがり》を務める」

即座に八江香流男が反応した。

「なりませぬ。殿の危険に、総大将が身を曝してはなりませぬ。長髄彦様が倒れられては、我軍はどうなりますか」

長髄彦は振り向いて、八江香流男の顔を見た。珍しいことがあるものだ。警護の兵が振り向いた長髄彦の背後にすばやく回って、楯で敵の矢から守る姿勢をとった。普段は長髄彦に反対することが皆無の八江香流男だが、一歩もひかないとでも言うような必死の形相で、長髄彦を見つめ返していた。矢が長髄彦の右耳上、手を伸ばせば届きそうな距離を、音を立てて通過する。予想外に大きな音がするものだと長髄彦は思った。八江香流男の真剣な顔つきは変わらない。

「分かった。先に引き上げよう」

既に、先に引き上げる兵士達は土塁を降り、日下の柵に向かって走り始めていた。

長髄彦は土塁から数十歩の距離で振り返り、遠く三里半（千五百米）先の丘の上に目を凝らした。日の光に輝く鳥竿が五本ほど林立する下に立つ、壮年の男の姿がはっきりと見えた。両脇に二人の年下らしい男達を従えて、胸の前で腕を組んでいる。高みから睥睨するかのように、両足を広げている。長髄彦ほどではないにしろ、三人とも皆背が高い。周囲から抜きん出ている。長髄彦は、二人の男を従えたその男が総大将に間違いない、と思った。根拠は無い。直感以外のなにものでもなかったけれど、長髄彦は確信した。長髄彦はその男を見つめ返し、これから貴様を叩きのめしてやる、と心の内につぶやき、身を翻して日下の柵を目指した。

ゆるい登り道となっている二里弱（八百米）を、ジグザグに駆けながら、長髄彦は自分の老いを感じた。半里（二百十米）駆けては止まり、振り返る。敵兵の進み具合を確かめる素振りをして息を整える。普段は内政面を担当している八江香流男が、三歳年下とはいえ平気な顔をしているのが、少なからず衝撃だった。

丘の上の筑紫勢に動きは無い。土塁に迫っているはずの敵第一梯団の動きは、土塁の陰となって見ることはできない。集落の柵までの距離を半分過ぎた。最初に退却を始めた百名の弓兵が、予め準備してあった楯を並べて最後の防衛線を布いている。長髄彦は、横に並ぶ楯の間を抜け、兵士達の横を早足で通過する。頼むぞ、と声をかける長髄彦に兵士達は胸を叩いて、お任せくださいと応えた。

その防衛線の状況を確認したのか、土塁に敵が接近したのか、いずれかは分からなかったが、土塁上に残った味方最後の百名の弓兵が動きだした。持久力のある足自慢の若者主体の兵士達が、日下の柵に向かって一斉に駆けだしてくる。

長髄彦が日下の集落に着いて、柵の上に登って戦場を眺めたとき、土塁からの百名が、最後の防御線に配置された弓兵の列に到達していた。敵兵はすでに土塁を越えていた。土塁に設けられた切れ間から、滲みだすように次から次に黒い敵兵が現れてくる。丘の上の侵攻軍本体の第二梯団に目を凝らすと、斜面を駆け下りてくる数名の兵士が目に映った。丘の上ではなにやら黒っぽい布切れが打ち振られている。長髄彦は背後にいるはずの八江香流男と葛根毘古に話しかけた。

「後ろの本隊は気づいたようじゃ。あの黒っぽい旗は止まれか何かの合図であろう」

指揮所から柵まで出てきて、傍らで同じように状況を見ていた饒速日が応える。

「気づかれましたか。それでは勝てませぬか」

応えたのが予想と違い饒速日だったので、長髄彦は体をその声に向けて答えた。

「敵の総大将は冷静です。丘の上から我等の退却の道筋を見て気づいたのでしょう。しかし、その報せは間に合わぬでしょう」

そのとき、丘の上の敵第二梯団が動きだした。

「いよいよ動きだしました。最初の寄せ手を止められぬと見たのでしょう」

長髄彦にとって意外だったことに、動きだしたのは丘の上の兵の全てではなかった。全体の三分の一、あるいは四分の一の兵が、引き続き丘の上に止まっている。土塁上から見た鳥竿が動いたのかどうか、集落の柵からでは、いくら目を凝らしても遠すぎて見えない。

長髄彦は、鳥竿の下の男は動いていないと思った。冷静な男だ。新城戸畔の兵の隠れている位置は土塁の横で、このままではあの男を捕らえることはできない。

「二段に分かれている敵軍が、土塁のこちら側で一緒になってくれれば、我等の作戦どおりです。丘の上に残ったのは二、三百でしょう。あれは誤算です」

「しかし、計画を変えるわけにはいかんでしょう。ここまで準備したのですから、あとはひたすら神々のお力にすがるより他に手立てはありますまい」

長髄彦は饒速日の言葉に軽い反発を感じた。

（命を賭けて戦っているのは我等だ。神々ではない。その神々が我等を目に見える形で助けてくれたことは無い。神々を信じる多くの民を勇気付けるために、神々の名を持ちだすのは良い。王国の全ての民の命運を負って全軍を指揮している我等が、この場で神頼みするのは間違いだ）

感情を抑えて応える。

「丘の上の敵がどのように動くか、予想はつきませぬが、新城戸畔はどのような事態にも対処してくれるでしょう」

長髄彦は額に手をかざし、西に傾いた午後の陽をさえぎり、最後の防御線へ迫る敵兵を見つめ、さらに土塁横の新城戸畔の兵の潜んでいるはずの、生駒の山の頂につながる斜面に視線を移した。

十

味方弓兵百が楯を並べた、柵外最後の防衛線へ敵が迫る。土塁の線を越して押し寄せる敵兵は千を数えた。味方の弓兵は三斉射を終えて、退却を開始する。

右横、二十歩ほどの距離の柵の上から、葛根毘古の声が聞こえた。予め測定済の柵上からの矢の射程距離に敵が近づいてくる。退却してくる兵士達が柵の手前、三十歩の地点で向きを変え、一列横隊となった。再び弓に矢を番え、弓を引き絞る。迫り来る敵兵が五人、あるいは十人単位で、突然、姿を消す。二十個ほどの陥穽が掘られていた。身の丈の倍の深さに掘られた穴の底には、尖らせた竹が仕込んである。二人、三人程度の重さでは落ちないような強度の覆いが、その存在を隠している。後続の敵兵には何が起きているのか分からない。楯や鎧兜を纏った体をぶつけ合うようにして、続々と敵兵が寄せてくる。

葛根毘古が叫ぶ。柵上と柵の前の二百の兵士達の間から弦のはじく音が起こり、戦場に響き渡る。放たれた二百本もの矢が一斉に午後の空を駆け、厚い雲のように日を遮り、一瞬の薄闇が出現する。

銅鑼が鳴り続ける。

葛根毘古の命令を発する声が規則的に響いて三斉射、四斉射と続く。数十羽の渡り鳥の一斉に飛び立つ羽音に似た音を立てて矢が空を飛び、楯を構えた敵兵の上に落ちる。木製の大小の楯に突き刺さり、あるいは楯にはめ込まれた金具にあたって、すさまじい音をたてた。

敵軍はひるまず、じりじりと柵へ向かってくる。第一梯団は、幅二百歩から三百歩の距離に広がり、五列から中央は十列もの波となって攻め寄せてくる。二番目の陥穽地帯に敵の先頭が到達する。第二梯団の敵兵は土塁を完全に越えて、第一梯団後尾に達しつつある。

長髄彦が声を上げようとしたとき、八江香流男が背後から、そろそろ、と声を上げた。長髄彦は頷いてその提案を受け入れる。八江香流男に指示された警護兵が、白い布地のついた旗竿を持ち、大きく横に振った。同時に早い拍子で銅鑼が打ち鳴らされる。

左手の斜面で呼応するように新たに銅鑼の音が響く。二百の弓兵が姿を現し、土塁の内側に入った敵第二梯団に矢を射掛けだす。遠目にも、横から不意打ちを食った敵兵がばたばたと倒れるのが見える。それでも、敵軍の間には大きな混乱は起きない。敵兵が斜面に向かい大型の木製の楯を並べ、弓矢による応戦を開始する。

柵に向かって押し寄せてくる敵兵が二段目の陥穽に落ちだした。十人、二十人単位で突然姿を消す。一段目よりも大きく深い陥穽だ。悲鳴だけが上がる。敵の進撃の速度が落ちた。

長髄彦は、遠く、三里半(千五百米)ほど先の丘の上の敵、二、三百の動きを見つめる。まだ動かない。冷静なのか、慎重なのか、それとも臆病なのか、判断がつかない。

土塁を越えた敵第二梯団は、味方の弓兵による横の斜面から攻撃された影響を、克服しつつあった。斜面側に並べかけた楯の横を通り過ぎて、大部分の兵はそのまま日下の柵へ向かって進んでくる。一部は斜面上の味方の弓兵二百に向かって斜面を登り始めている。その場所にも規模は小さいがいくつかの陥穽が仕掛けてあった。

長髄彦は、柵から打って出よと命令を下した。赤い旗が振られる。重武装の歩兵が柵から出て穂先をそろえて、長槍を斜め前方に突きだしてゆっくりと進みだした。一旦引き上げて体制を立て直した軽装の歩兵が、柵の中から鳥見比古に率いられ、楯と槍を手にして、その後を追う。その頭上を、二百本の矢が唸りをあげて空を覆って飛んでいく。

重装歩兵が、横に並んだ列を崩さず、長めの柄の槍を、構えた楯の影から前方に突きだし、密集する敵兵の先頭に接触する。敵兵も矢を防ぐ大き目の楯や手にした楯を、体全体の力で支える。下り坂が味方に有利に働きだす。敵は陥穽を背にしながら、空から降り注ぐ、射程の正確な矢を防がねばならない。

倍以上の敵兵を味方の重装歩兵が押し返す。それでもその先には敵の第二梯団の新手が戦線との距離を詰めてきている。敵の黒い集団が一つになって、長髄彦は最後の命令を下す。薄く藍に染められた旗が振られた。

（あとは新城戸畔がうまくやってくれるだろう。二千の敵に対して、味方は千六百。一日を費やしての退却戦での味方の損傷は二百。敵の、よく訓練され、組織だった動きはさすがだ。しかし、この場での戦いは違う。時間をかけて準備した戦場で負けるわけにはいかない。竜田は、要請どおりに兵を発進してくれただろうか。あの千を超す兵力があれば、目の前の敵二千を殲滅できる。如何に筑紫とはいえ、もうここに攻め込むことは考えなくなるだろう）

何気なく、長髄彦は左右を見回した。二十歩先に足に傷を負った葛根毘古が、柵に体を預けて立っている。反対側には饒速日とその副官の阿夜比遅が立っていた。振り返ると五人の長髄彦の警護の兵に加え、やはり五人の見慣れた饒速日の従兵が並んでいる。八江香流男の姿が見えない。

十人の若い従兵の背後の広場に眼を移す。広場では、十人ほどの鳥装の祈祷師達が疲れを知らぬように踊り続けている。広場の端には数十人の負傷兵が腰を下ろし、あるいは体を横にしている。つい先ほどまでその場所は、楯と槍を手にした兵士達で一杯だった。今は腰を下ろした負傷兵以外誰もいない。もう予備も何も無い。

兵士に葛根毘古を呼んでくるように命じて、長髄彦は再び顔を戦場に向けた。二里弱（八百米）先の斜面上の林の中から穂先を、日にきらめかせて新城戸畔の指揮する兵が姿を現した。一斉に鬨の声を上げて駆け下りてゆく。設置した陥穽を縫って我先にと急ぐ。待たされ続けた兵士達の間には、戦闘に参加できる喜びが溢れているように見える。

同時に、丘の上の最後の筑紫兵が動きだした。傾きかけた午後の日の陰となった斜面を、黒い鉄製の武具を身に着けた二、三百の集団が蜘蛛の子を散らすように駆け下りてくる。

「いよいよ動きだしました」

背後から阿夜比遅の声が聞こえた。饒速日の声が続く。

「敵が最後まで残していた兵力だ。あれは精鋭中の精鋭に違いない。新城戸畔の兵は持ちこたえられるだろうか」

　長髄彦は思う。

（ここで心配しても仕様がない。打てる手は全て打ってしまったのだから。もう何も無い。ただ黙って戦況を眺めるだけだ）

　長髄彦は黙ったまま、ゆっくりと顔をめぐらせた。背後に並ぶ十人の兵が視野に入って、そこに最後の予備兵力があることに気づいた。長髄彦は思わず首を動かし小さく頷き、顔を戻した。

　長髄彦は額に手をかざし、敵最後尾が斜面を駆け下りてくる様を見つめ、さらにその先の、丘の上の鳥竿が掲げられていたと思しき位置に、三人の男の姿を探した。西に傾きかけた春の日の降り注ぐその場所には何も見えない。あの男は斜面を降りてくる寄手とともにいるのだろうと思った
　敵の動きは早かった。彼等も新城戸畔の兵達と同じように待ちくたびれていたのだろう。瞬く間にその先頭は土塁の切れ間を抜け、敵第二梯団の後尾に合流した。膨れ上がった敵の勢いが増した。

　その左、斜面の林の中からさらに新手の一群の兵士が姿を現した。ま新しい胴を朱色に塗った武具が陽に映えて輝く。林の際に横一列に並び、青銅の鐸を打ち鳴らし、手にした楯を長槍の柄でたたき鬨の声を上げている。鐸を打ち鳴らす音が一定の拍子に変わった。百名ほどの兵士達は、楯を並べ、手にした長い得物を斜面の下の敵に向け、列を崩さずに斜面を降り始める。

「新城戸畔殿自慢の最精鋭部隊です。さすがです。新城戸畔はあれを残しておいたのです」

　阿夜比遅の、上ずった声が響く。饒速日がうれしさを隠しきれないように続ける。

「義兄上、これで我が方の勝利でしょう。間違いないでしょうな」

長髄彦は、傍らの饒速日の喜びに溢れた視線を感じながら、ことさらゆっくりと答えた。

「勝敗は、あの最精鋭部隊の突入が、敵の心理にどの程度影響を与えられるかということになるのでしょう」

長髄彦は顔を動かさず、視線をそのまま戦場に据え、腕を組んで成り行きを見つめた。兵士達の身に着ける金属製の甲冑と手にした得物が、光を反射してきらきらと輝く。

柵に近い敵の第一梯団との戦いは、味方の重装歩兵が敵を押し返しだした。その背後に控えた味方弓兵二百は間断なく矢を射掛けている。弓兵は、訓練により、正確な射程距離を把握していた。指揮官の命じる目標地帯に二百本の矢が黒い束となって落ちてゆく。

その前方では、新城戸畔の朱色に輝く赤胴の重装歩兵が、途中に隊列を組んだ味方の弓兵の間をすり抜けて、斜面を駆け下りる。先頭がすさまじい勢いで黒い敵の隊列にぶつかっていく。距離があって届かないはずなのに、その衝撃音が長髄彦の耳に響いた。

長髄彦は弓兵と長槍を装備した重装歩兵の整備を重視して、この冬から準備してきた。考えは正しかった。従来の、戦端を開いてしばらくの間、敵味方が接触するまでの武器としての弓の位置づけを、長髄彦は変えた。王国内集落間の小競り合いには不要な戦術だ。敵味方互いに数百を超える兵力の衝突で、はじめて効果的なものだ。

味方の歩兵の背後から、戦線のすぐ向こう側にいる敵に矢を射掛ける。そのために、味方の歩兵は隊列を崩さず、入り乱れての白兵戦を避けることができる。長髄彦は横を向き、饒速日に向かって言った。

「それでは、行ってまいります。兵を三人ほどお借りします。王はここを離れてはなりませぬ」

体の向きを変えて、饒速日の反対側で、柵に手をかけ体を支えている葛根毘古に声をかけた。

「お主はここにいて王を守ってくれ。頼んだぞ」

体を回し、阿夜比遅に小さく頷き、その後ろに並んだ五人の、王の警護兵のうち右側の三人に向かって付いてくるよう命じる。柵の上から降り、広場に立つ。踊り続けている祈祷師達に手を振って呼び寄せ、これから外に出る、付いてまいれと命じた。

長髄彦は、背後に体格の良い警護兵八人を引き連れ、門の外に立ち、坂の下の戦場を見下ろした。首だけを動かし、背後に付いて門を出た祈祷師達に声をかけた。

「鳴り物を持っているものは盛大に鳴らせ。お主達の立てる音が味方の兵士を勇気付ける。上げる祈り声が味方兵士の背を押す。さあ、鳴らせ、大声で祈れ」

耳をふさぎたくなるような銅鐸の音を背にして、長髄彦は坂を降り始めた。背後で拍子木や鐸、笛、木鈴のたてる音が鳴り響く。祈り声も混じる。余裕のある兵士達が振り返る。それらの兵士達の目に音源の祈祷師達に加えて長髄彦の姿が目に入る。

一際背丈があり、朱塗りの甲冑を身に着けた長髄彦の姿は味方の兵をさらに勇気づける。時折飛んでくる敵の矢に注意しながら、長髄彦は坂を降りていく。

味方の勝利は確かなものとなっていく。敵は敗走し始めた。柵の近くまで達していた黒い武具の敵兵が押されて戻されてゆく。押されて背中から陥穽に落ちてゆく。

視線を上げると、新城戸畔の指揮する赤胴の重装歩兵が、敵兵を押して敗走させ始めている。斜面の下三分の一に陣取っていた弓兵は、さらに斜面を下りた場所にいる。

完勝だ。この地を手に入れようなどと二度と考えぬように、筑紫軍を叩き潰せ。殺戮せよ。長髄彦は、体の芯から熱い血が沸きあがり、力がみなぎってくるのを感じた。

長髄彦は剣を抜き、前方に突きだした。そのままの姿勢でなだらかな坂道をゆっくりと下り続けた。後ろの祈祷師達の上げる鳴り物と祈りの声に振り返る味方の兵士達が、長髄彦の姿を目にして、それが至近距離であることに驚きの表情を顔に浮かべる。顔を敵方に戻し、さらに大きな声を上げ、得物を振り上げて敵にかかってゆく。

指の隙間から黒い砂が落ちるように、最後尾の敵兵が戦線を離脱し始めた。落ちてゆく黒い砂は止まることなく、敵軍は壊走しだした。長髄彦は怒鳴った。

「逃がすな。矢を射よ。殺せ」

体中の血が熱く駆け巡る。気が高ぶり、大声が出る。戦場で戦っていた将や兵が長髄彦の回りに集まってきた。その中に八江香流男の顔があった。長髄彦は、微笑を浮かべ、頷き、その無事を祝った。

背後の祈祷師達のかき鳴らす銅鐸と様々な鳴り物の音と祈りの声が、戦いの収まってゆく戦場に響く。気がつけば陽は傾き、兵士達の影が長い。新城戸畔の兵団は逃げる敵に矢を射かけている。まだ闘い続ける兵士もいたけれど、長髄彦は、傍に寄ってきた鳥見比古の顔を認めて、勝ち鬨を上げるよう促した。鳥見比古の大声が戦場に響き渡る。兵士達の腹の底からの叫び声が続く。

夕日が戦場を照らし、空に浮かぶ薄い雲を茜色に変えて、長かった戦いの一日に終わりが来た。

凱旋した新城戸畔の報告によれば、敵将と思しき指揮官の一人にかなりの矢傷を負わせたとのことだった。

戦勝に沸いた夜が明けた翌早朝、集落の指揮所の回廊から、筑紫の大船団が速水の門を目指して目の前を通過していくのが眺められた。

その日の午後になって、竜田に籠っていた味方の軍勢が日下に到着した。一日遅れの到着だった。軍勢の先頭が日下からの視界に入って、指揮所に主だった者達が集まってきた。

新城戸畔や葛根毘古は、異口同音に、一日の到着遅れを糾弾すべきと長髄彦に迫った。その場にいた饒速日は勝ったのだから良いではないかと言い、鳥見比古は黙ったまま長髄彦を見ている。長髄彦は、開け放たれた扉を通して、近づいてくる竜田勢に目を据えた。誰もが長髄彦の動きを見つめた。

長髄彦は、視線を饒速日に戻し、そして言った。

「そのようにいたしましょう」

さらに顔をめぐらせ、新城戸畔と葛根毘古の顔を等分に見ながら、続けた。

「来なかったのならともかく、一日遅れであってもやって来たのだから良いではないか」

(そうではない。一日遅れでやって来たのは最悪だ。日下の味方を信頼していない。戦いはまだ続いていると予想したのだろう。少なからず消耗した日下の前面に布陣した敵を、背後から襲うつもりだったのだろう)

長髄彦は、頭の中の考えを押しだして、微笑みの表情を浮かべ、饒速日に言った。

「さあ、回廊へ出て、皆で彼等の到着を迎えましょう」

回廊には昨日と同じ、春の午後の柔らかな陽が降り注いでいる。その陽を浴びて味方の兵団が進んでくる。長髄彦は、目をその隊列に据えていたけれど、頭の中では、三輪山に眠る両親に勝利を報告し、さらに数日後に会えるであろう妻と子の姿を浮かべていた。

第四章　丹生（一）　乙卯の年（西暦紀元一七五年）夏

一

　南西からの熱風が、緑の稲の葉を靡かせて吹きわたる。梅雨明けの夏の陽を受けて、風の通り道の稲の葉裏が銀緑にゆれて鈍く輝く。

　頭を上げて、笠の下から東南の方角に、三輪山を眺めた。緩やかな勾配の、濃緑色のたおやかな山容が、期待通りのいつもの位置にゆったりと横たわっている。長髄彦は両手をあわせ、この後の順調な稲の生育と秋の豊かな収穫を三輪山の祖神に祈る。

　あの春の、王国の存亡をかけた戦いの日から三ヶ月が経った。思いがけぬほどに完璧な勝利の興奮が去り、余韻も消えて、長髄彦は様々なことを聞き、そして知った。

　青銅の剣や槍、そして石簇、多くの石剣、石製の槍先と鉄製の武器、武具の威力の差は，戦闘から離れて眺めていた長髄彦の想像を超えていた。朱塗の武具を身に着け、金色に輝く槍先をそろえて進む重装歩兵の姿は、彼等を無敵の軍隊のように見せた。二百本もの矢が空を覆って飛び、敵兵の頭上から降る様は、その下のすべての敵兵を薙ぎ倒し、皆殺しにしてしまったように見えた。

敵兵と楯をぶつけ合い、剣先を交えた葛根毘古や八江香流男の感想は違った。味方兵士の持つ、石剣はもちろん青銅製の槍先や剣はすぐに折れ、敵兵の鉄製の矛や剣はいつまでも折れなかった。

敵味方入り乱れての白兵戦を避け、隊列を崩さず、長槍で戦った重装歩兵と、斜面上から集中的に射掛けた矢、それに準備した陥穽等が、その実際の効果以上に敵に心理的損傷を与えた。勝利はその結果だった。

戦いの終わった戦場から回収した敵軍の鉄製の武具や武器を使って、いくつもの実験がなされた。結果は八江香流男と葛根毘古の話を裏付けるものだった。長髄彦は背筋が凍る思いがした。周到な準備、想定した戦場へ敵を誘い込んだ戦略、そしてみなの旺盛な戦意、戦略に忠実な行動が勝利に結びついた。過信してはならない、薄氷を踏むような勝利だった。一刻も早く、大量の鉄を手に入れ、武器類の鉄器化を進めねばならない。

（王としての饒速日の祖父や父は、王国内の他の集落への鉄器、なかんずく武器の普及には熱心ではなかった。鉄梃が入手しにくかったこともあったが、各集落を率いた首長達も、農具としての鉄器の採用にはそれなりに取り組んでも、互いの関係に緊張が生じることを恐れてか、鉄製武具、武器への換装に取り組むことはしなかった。あるいは、連合王国結成による平和の配当を、鉄の農具への適用という形で享受したということなのだろう。自分を含め皆、この狭い地域内の争いごとだけを念頭に置き、その争いごとを避けることに腐心してきた。遠く離れた外からの脅威など考えたこともなかった。今まではそれでよかったが、これからは違う。離れた外から武力により侵攻してくる集団がいる。今回だけではないのだろう）

笠の陰から見る稲の葉はまぶしい。目を細めて歩き始める。

二

王国の、その年二回目の幹部会議は、春の戦勝気分が残っていたためか和やかではあるけれど、それなりの緊張感に包まれた雰囲気で開始された。通常、議論の対象となるような水利権や狩猟、湖沼河川の漁撈権、森林の伐採に関する議題は少ない。稲の生育も、王国に属する全ての集落で順調だった。

会議は、撤収した筑紫軍のその後の動静に話が移った。茅渟の海（大阪湾）を南下した筑紫軍は、紀ノ川河口南側熊野の地に上陸し、その地域を制圧。その後、紀ノ川をさかのぼり、紀ノ川左岸の台地の上、丹生《にふ》に達していることが報告された。その勢力は、茅渟の海沿岸集落と紀の国海岸地域および紀ノ川沿いの集落から兵を集め、二千に達しているという。

「はじめて聞く話だ」

居勢祝が身を乗りだすように上半身を動かしながら声を出す。

盆地南側集落の首長達は姿勢を変えず、視線も動かさない。長髄彦をはじめとする盆地中央から北側の首長達が、居勢祝の言葉に反応する。長髄彦も含め幾人かの首長達にとりはじめて耳にする話だった。

（奴等はあきらめていなかったのか。執拗な奴等だ。またこの盆地に侵入しようとしているのだろう

か。あの日の戦いがまだ続くということなのだろうか）

うんざりする思いに続いて、あの春の午後、日下の丘の上、鳥竿の下に並んで立っていた、黒色の武具を身に着けた男達の姿が脳裏に浮かぶ。初春の会議に似た進行となった。盆地が侵攻の最終目標となっていると仮定して、その想定進入路が議論される。紀ノ川とその上流部の吉野川流域から奈良盆地に入るには、大きく四つの道があった。それらの道は、西から順に、女坂《めさか》、男坂《おさか》、忍坂《おしさか》、墨坂と呼ばれている。

筑紫軍がどの進路を取るか判断するには材料が少なすぎ、議論は進まなかった。

それでも、葛城山麓北側に集落を構える阿加賀根が熱弁を振るい、長髄彦がその妥当性について同意し、結論の一つが出た。

最も西よりで、盆地への進入路のなかで勾配がもっとも緩く、金剛山麓東を通る女坂の防備を固めることで意見がまとまった。

結論が出るまでの間、盆地東南部に勢力を持つ八十梟師が沈黙を守ったことに、長髄彦はある種のひっかかりを感じた。居勢祝が、微笑を浮かべて左掌を長髄彦に向けた。

「王国半分の兵力で女坂を固め、残り半分で、残った三つを守るということじゃな。儂は、東南の磯城に兵を送ろう。敵が西の女坂を進んだらすぐ駆けつける位置に兵を置こう。それでよいのじゃな」

居勢祝が長髄彦に同意を求めるように言った。長髄彦は頷きかけ、承知したと言葉を出しかけて、八十梟師の厳しい視線に気づいた。すばやく頭を回転させ、違う言葉を口にした。

「居勢祝殿、良い提案と存ずる。八十梟師殿、いかがかな」

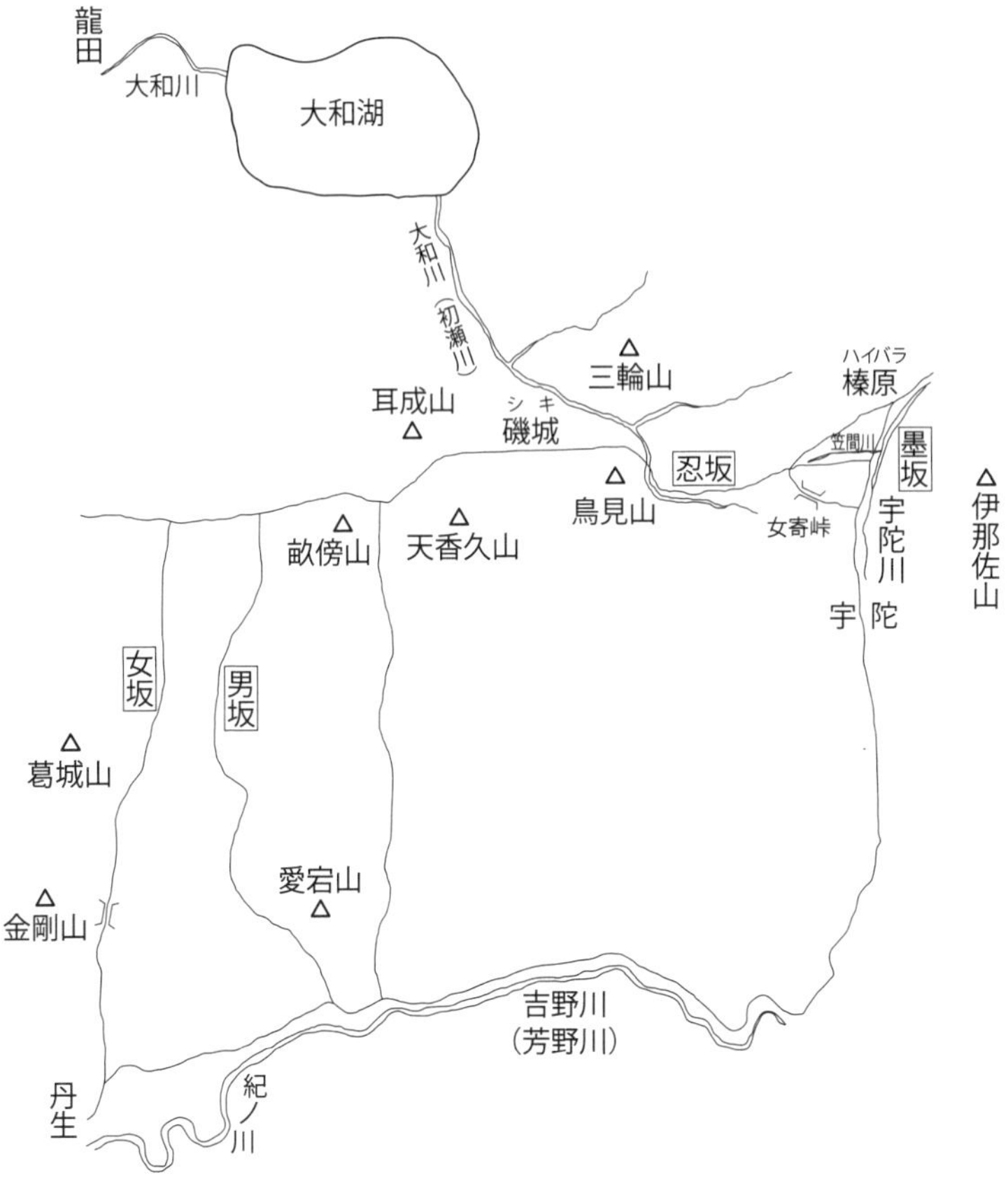
龍田
大和川
大和湖
大和川（初瀬川）
三輪山
ハイバラ
榛原《ハイバラ》
耳成山
磯城《シキ》
忍坂
笠間川
墨坂
鳥見山
女寄峠
伊那佐山
畝傍山
天香久山
宇陀川
宇陀
女坂
男坂
葛城山
愛宕山
金剛山
吉野川
（芳野川）
丹生
紀ノ川

「今回の筑紫勢の侵攻は、今までの情報が正しいとすれば、吉野川沿いの四つの道のうち女坂から北上する可能性が高いということが、皆の一致した意見であろう」

八十梟師が眉間に横皺を三本刻み、黒く大きな目を半ば閉じるようにして、ゆっくりとその割れた声を出した。

「儂もそのように思う。しかし、女坂の防備を固めれば固めるほど、敵がそれ以外の東側の道を取る可能性が高まる。前回の敗北に懲りた敵は物見の兵などを十分に走らせて、慎重に攻撃路を選択するだろう」

上半身を前に傾け、顎を引き、目を大きく見開いて長髄彦を睨むように見つめた。お主の見解は底が浅い、とでも言っているようだ。長髄彦は顎を突きだし、目を細めて、見下ろすように八十梟師の視線に対した。八十梟師は長髄彦のその視線に応じることなく、居並ぶほかの首長達をねめつけるように見回す。命令することに慣れた者の仕草だ。

「儂の考えは、できるだけ早く女坂の柵を完成させる。見た目に堅固なものを完成させる。駐留する兵は那賀須泥兵三百と阿加賀根殿の率いる高尾張勢の五百とする。残りの兵は磯城に集結し、敵の進路を確かめた上で対応することとする。不安であれば、うち五百程度を磯城と女坂の中間にでも配置すればよい。いかがかな」

言い終えて八十梟師は上半身を後ろに戻し、床机の背もたれに預けた。眉間に横皺を刻み、会議場を見回す。自信が感じられる。

「賛成いたします。完璧な戦略です。全軍の指揮を八十梟師殿に執っていただくよう提案します」

猪祝が大げさな素振りで、両手を大きく広げ、次いで片手で八十梟師を指し示した。

（やられた）と長髄彦は思った。新城戸畔を筆頭に、首長達が一斉に長髄彦の反応を見るため首をめぐらせてくる。

（何か言わねば、適切な言葉が浮かばない。承知した、とは到底言えない。だが、八十梟師の意見にはそれなりの正当性を感じさせる。反対だ、とも言えない）

向かい側に席を占める八十梟師がことさら表情を変えず、鰓の張った顎の上の目で、長髄彦を見つめている。猪祝は勝ち誇った表情を隠さず、どうだとでも言わんばかりに長髄彦をにらんでいる。この場の主導権を八十梟師に握られてしまわぬよう、何か話さねばと長髄彦は口を開いた。

「儂も、一日も早く女坂に、八十梟師殿の言われたような柵を完成させることに賛成だ。この春の勝因は、我等が想定した決戦場に敵をおびき出せたことにあると考えている。万全の防御設備と、地形に合わせて良く練られた作戦と、それを着実に実行した将兵の力によって勝てた」

話しながら長髄彦は迷っていた。八十梟師の提案の根本に対して反対するのか、それとも指揮権についてのみ賛成できないと明言することにしておくのか、考えはまとまらない。必死に頭を回転させる。ようやく整理がつき、長髄彦は再び話し始めた。

「何の準備もされていない戦場で敵とまみえることは、仮に兵士の数が似たようなものであったとしても、我等にとっては不利だ。敵の装備している鉄製の武具、武器に我等の青銅の鏃や剣、あるいは石剣、石鏃では勝てない。したがって、前回と同じように備えを十分に施した場所で戦わねばならない。敵の動きを待ち、その動きに対応するのではなく、我等が決戦場を定めて十分準備し、そこへ誘い込むことだ。その決戦場を何処にするか決めねばならない」

長髄彦は出席者を見回す。八十梟師は眉間に例の横皺を刻んだまま横を向き、新城戸畔はその狐目で、阿加賀根は無表情を装いながら、二人して熱心に長髄彦の顔を見ている。居勢祝は視線を宙に据え、鳥見比古は狭い額の下の目を閉じている。猪祝が長髄彦の顔を見つめていたが、その顔に浮かぶ表情は挑戦的だ。新城戸畔が発言しようと上半身を僅かに動かし顔を上げるや否や、猪祝がそれをさえぎるように声を上げた。

「長髄彦殿は、同じ数の兵であれば勝てないと申された。筑紫兵の方が我等よりも強いと仰せか。いやはやこれは驚きですな。儂はそのようには思わん。この地を愛し、家族を守り抜く気概を持って、命がけで戦えば勝てる。敵に絶対勝つという気持ちの強い方が戦には勝つ。そして、我等にはその強い気持ちを持つ将兵がいる。那賀須泥の兵はそうではないと長髄彦殿は言われるのか。儂は敵に絶対に勝つという強い気持ちを持った指揮官の下で戦いたい。それは八十梟師殿だと思う」

(何を言う。指揮官の問題に話を戻そうとしている。その手には乗らない)

長髄彦はうんざりする気持ちを抑えて話しだした。

「儂は、我等の兵士達が筑紫の兵士達に比べて劣っていると言っているわけではない。鉄の武具、武器を装備した筑紫兵に対し、我等の青銅製の槍や石鏃では、同じ兵力で戦えば勝てないと申している」

長髄彦はまずいと思った。

(言い訳をしているようではないか)

猪祝に先を越された新城戸畔が声を上げた。長髄彦には、救いの神が現れたように感じられた。

「私は、先の日下の戦いで直接、敵の筑紫の兵士と刃を交わした。敵の鉄製の武器、武具と、我等の青銅製の武器との優劣は明らかだ。そこのところを認めぬという発言には真に驚かされる。それでも何とか我等が勝利したのは、準備した陥穽や土塁を効果的に使用した戦術面での優位によったものだ。今回もその準備をする場所を何処にすべきかという長髄彦殿の問いかけに答えねばならない。さらに加えれば、弓兵と重装歩兵の連携戦術を編みだし、日下に集まった寄せ集めの味方の兵を見事に指揮し、類まれな勝利をあげさせてくれたのは長髄彦殿だ」

新城戸畔は、憤然とした表情で、甲高い声を張り上げた。新城戸畔の発言は、その内容が論理的なものであっただけに列席の首長達に強い印象を残したように見えた。

新城戸畔に噛み付かれた猪祝は、顔を赤くして反撃に出た。

「いやはや、なにやら日下で戦った方々は、敵が強い、とそのことばかり話される。そのような考え方を敗北主義というのではないか。それともその強い敵に勝った自分達は偉いと強調されたいのか」

新城戸畔と、珍しく鳥見比古が異口同音に、それは違う、と口を挟んだが、猪祝は小太りの体をゆすりながら話を続けた。

「我等は、あの戦いの後も兵の訓練を続けた。筑紫勢が南に向かったことを聞いて、兵達は再戦を覚悟し必勝の信念に燃えている。その信念を持ち、厳しい訓練を受けた我等の兵士達は無敵だ。我等が祖神と神々も、我等の勝利を約束してくれている」

新城戸畔が反論する素振りを見せた。鳥見比古や阿加賀根が体を動かした。進行役の阿夜比遅も顔をしかめて立ち尽くしている。最年長の居勢祝が、室内のざわめきを制するようにして話しだした。

「我等は今ここで、どのようにして筑紫の侵略から国を守るか、どのようにして筑紫の侵略軍に勝利するかを議論している。長髄彦殿は、決戦場を予め想定し、その地に地形を利用して陥穽等の準備を十分にして、そこに敵を誘い込むことが勝利のための戦略だと言われている」

猪祝が口を挟みかけたが、居勢祝は左手を上げ、掌を猪祝に向けてそれを抑えた。最年長者の貫禄が、猪祝の口をふさいだ。

「八十梟師殿は、敵を西の女坂ではなく、東の道をとらせるように誘導するよう提案された。その地は八十梟師殿の勢力圏じゃ。長髄彦殿も申されたように、我等は地形を利用した策にて敵の攻撃を防がねばならぬ。地の利を活用できるのは、東の道をよく知っている者じゃ。それは言うまでもなく八十梟師殿であろう」

居勢祝は一旦話を切って、自分の話の正当性を誇るかのように満座を見回した。口を挟むのを止めた猪祝は、何度も頷いている。新城戸畔は感情を抑え、表情を変えず、居勢祝を見つめている。居勢祝が話を続ける。

「長髄彦殿は阿加賀根殿とともに、東側の女坂と男坂の二つを守り、残りは磯城に集結し、忍坂と榛原への道を守る。ただし、女坂に加え、男坂にも柵を築造すべきと考える。その結果、敵は忍坂か榛原への道のいずれかから押しだしてくることとなろう。いずれを決戦場とするかは、この後、八十梟師の指揮下で、磯城に集結した諸将の考えに任せるということが妥当であろう」

（まただ。居勢祝の話はもっともらしいが、考慮すべき点に抜けがある。八十梟師が王権に手を出しかねないということを考慮していない）

長髄彦はうんざりする気持ちを抑える。敵を如何に破るかが当面の問題であり、誰が指揮を執るかは問題ではないと自らに言い聞かせた。

猪祝が、居勢祝の提案に賛成の意を告げた。八十梟師が小さく頷き、その他には、誰も何も言わない。居勢祝は、自分の論理的にくみ上げられた主張が出席者の賛同を得たと、満足げに笑みを浮かべている。沈黙が会場に流れた。八十梟師が大仰に体を動かし、立ったままの阿夜比遅を向いて口を開いた。

「饒速日王の御裁可がいただけるのであれば、八十梟師、身命をなげうち、任務に当たりましょう」

阿夜比遅が、それでよいのかと確認するように、その視線を長髄彦に据える。出席者全員の様々な視線が感じられる。長髄彦は、阿夜比遅の目を見つめたまま考えた。

(自分が全軍の指揮を執る方が勝算は高い。その自信もある。それでも、そのことをさらに主張して、この場を二つに割ることは得策ではないのだろう)

長髄彦は考えながら出席者の顔を見回す。八十梟師を除き、ほとんど全ての出席者が長髄彦の顔を見ている。視線が合って猪祝が目をそらす。

(ここで首を横に振り指揮権にこだわり続けたら、それは居勢祝の面子をつぶし、彼を敵に回すことになるに違いない。全軍の指揮官という役割に固執することは、全軍の和を乱し、他の出席者からは醜態を曝してと思われかねない)

ようやく結論に達して長髄彦は小さく頷いた。溜息が漣のように議場に広がっていく。これ以上の争いが避けられた安堵と、長髄彦の司令官としての力を惜しむ溜息の双方が混じっているように長髄彦には感じられた。

　饒速日の裁可が下り、その後の議論は勝ち誇った八十梟師と猪祝の主導権のもとに進んだ。そして誰も長髄彦の意見を求めなかった。

　会議の終了が告げられ、長髄彦は立ち上がり、大きく背伸びをし、大きな欠伸をした。日の沈んだ戸外に出ると、夏の虫の盛んな鳴き声が耳に入った。長い一日だったと長髄彦は思った。

三

　翌朝、竜田の空は厚い鉛色の雲に覆われていた。真夏には珍しい天候だ。長髄彦は暗いうちから起きだし、朝餉も取らず、随員を引き連れ竜田を後にした。急ぎ足で進めば半日の行程である。居場所の無くなった竜田で、朝餉を取って長居するようなことはしたくなかった。

　相変わらず雲が空を覆っていたけれど、真夏の道行きは蒸し暑く、汗が全身を流れ落ちる。昨日の会議での失敗が頭から離れない。思い起こすたびに気が滅入り、自分に腹が立ってくる。長髄彦はその度に家族のことを考えるようにした。

(帰宅して、昼食を済ませたら、子供達を外に遊びに出して妻と二人になろう)

　なだらかな丘陵を越え、幾筋かの大和川の支流を渡って、進行方向北に横たわる大和湖の鉛色の水面が目に入ってくる。東に目をやれば、集落を囲む柵が見える。楼観に立つ見張りが一行の接近に気づく。見張りが首長の帰還と認めて番木が鳴りだした。長い間隔を置いて三拍子に打ち鳴らされている。

　三重に張り巡らされた環濠の一番外の濠に渡した橋の上に、最初に姿を現したのは子供達だ。十歳前後の遊びざかりの児童七、八人が見える。さらに年少の男の子達の一団が加わる。それぞれの顔を見わけることもできない距離にもかかわらず、長女と次男がその中にいると、長髄彦は思った。

　一行が橋に接近し、次男らしき男の子がこちらに向かって走りだしてきた。日焼けして真っ黒になった顔に、黒く澄んだ瞳と白い歯が光る。駆け寄ってきてそのまま長髄彦の腰の辺りに勢い良く体をぶつけてきた。長髄彦はその体を抱き上げる。幼児のやわらかい頬に、自分の髭の生えた頬をこすり付ける。次男が顔を逃がしながら声を上げて笑いだす。続いてすぐに、長女が飛び込んできた。左手で長女の肩を抱く。右手二の腕に抱き上げた次男の体重を感じ、左手で長女の身体を感じて、長髄彦はこの上ない幸せを感じる。子供達のために頑張らねばと思う。誰が指揮官かが問題ではなく、この後の筑紫勢との戦いにいかにして勝つかが問題なのだと、改めて自身に言い聞かせた。

　随行の若い兵士達の幼い兄弟姉妹達も一行に加わって、人数の増えた一団が三つの橋を渡り、大きな門をくぐって集落に入る。八江香流男、葛根毘古等の留守役が出迎える。その十余人の一団の端に妻がいた。

「お役目、お疲れ様でございました」

　最年長の八江香流男が代表して出迎えの言葉を吐いた。長髄彦は立ち止まり、腕に抱えた次男を下ろしながら、応えた。

「朝早く竜田を出た。朝餉も取っていない。一旦、家に戻りたい」

長髄彦は話しながら、妻の顔を見た。妻はくるりと背を向け、急ぎ足で居宅に向かう。長髄彦は妻の後姿を満足そうに見送って、言葉を続けた。

「一刻後に竜田での結果を話そう。それでよいな」

留守の間、何事も無かったことの確認を含めて、八江香流男は小さく頷いて応えた。

「それでは一刻の後に。我々二人以外にも誰か同席させますか」

長髄彦は、軍の長期遠征に必要となる大量の兵糧を集めることを想定し、その分野の専門家数人の名を挙げた。葛根毘古が口を挟みそうな顔に気づき、長髄彦はさらに葛根毘古の直属の指揮官三名の名を加えた。

居宅の跳ね上げられたままの扉をくぐって家に入ると、炊事用の火をおこしていた妻が子供達とともに笑顔を浮かべて振り向く。

「お帰りなさいませ。お疲れさまでした」

「今回は疲れた。朝餉も取らず急いで帰った。昼餉には早いと思うが何か頼む」

妻は、承知しましたと答え、柄杓に汲み置きの冷たい水を汲んで長髄彦に渡した。続いて、水を張った盥を運び、腰を下ろした長髄彦の足元に置く。しゃがみこみながら、子供達に昼餉まで相当の時間のあることを告げ、戸外での遊びを再開するよう促した。

子供達が外へ飛びだしていく。妻が長髄彦の足を手にし、盥の水で汚れをすすぐ。浮腫んだ足に冷たい水が心地よい。長髄彦はすすぎの済んだ方の右足を、妻の片膝立ちの、左右の腔と太股で閉じられた足の間に差し込んだ。妻が抵抗する。長髄彦の足は奥に行かない。

「すすぎを止めますよ」

　怒りを装っただけの声だ。長髄彦は動きを止めない。腰を浮かせ、小柄な妻の腋の下に両手を伸ばす。

「大きな声を出しますよ」

　かまわず掴んだ妻の体を抱き寄せ、足を組んだ胡坐の中に妻の腰を置いた。右手で、下穿きを穿いていない妻の股間が濡れていることを確認する。妻の耳元で囁く。

「下穿きはどうした。わしの帰りを喜んで涙を流しているではないか」

　妻は首を小さく振り、ダメ、ダメと繰り返した。長髄彦は胡坐を掻いたまま妻の腰を抱え上げて、妻を立たせた。妻が衣服の裾をたくし上げ、長髄彦の胡坐の中にゆっくりと腰を落とす。

　戸外で走り回る子供達の歓声が聞こえる。長髄彦は、これで昨日来の不愉快な思いが忘れられると思った。

四

　女坂の峠は、西に聳える金剛山と東の愛宕山に連なる山並みの間の広い谷合いにある。南の紀ノ川と盆地を流れる大和川の分水嶺になる。男坂は、女坂の東を、それと平行して南北に走っている。愛宕山の西を北上し、国見山の東を抜けて曽我川に沿って盆地へ入る。

　長髄彦は、配下の那賀須泥や盆地南西部の集落と、会議で決められた鳥見比古の集落からの民の応援を受けて、女坂、男坂の両方に柵を築いた。延べ三千人を超える奴婢と一般民の老若男女が動員された。竜田に築いた柵を壊し、その資材を一部に流用し、柵や土塁の高さは日下の半分以下とした。それでも兵士が詰めたその柵を峠の下から遠望すれば、それなりに強固な防御陣地に見えることは確認済みだ。かねての計画どおり女坂に三百、男坂に二百の兵を配置した。

一方、磯城に集結した王国軍の主力は、盆地南東端に小高く聳える鳥見山に本陣を構えた。そこは盆地の東南側に、独立した勢力を維持している宇陀の集落へ続く忍坂と、東の榛原へ続く坂道の合流点を扼する要衝の地だ。

王国軍はその忍坂を上り、女寄峠を越した地点に兵を進めた。以前から宇陀勢に対する備えとして、その地にあった小規模な柵が拡張強化された。宇陀から押しだしてくると想定される敵軍を迎え撃ち、撃滅する地点と計画され、さまざまな防御施設が構築された。

長髄彦は敵の動きに注意を払った。物見の男達が紀ノ川沿いを歩き回り、敵の動きの把握に努めた。

敵軍の構成に変化が生じていることに気づいた物見の兵士を長髄彦は褒めた。筑紫、周防、阿岐等の遠国からの兵士は、その大部分が残っていた。春の侵攻の際に主力の一部を担った、明石や針間など近場の兵の代わりに、和泉や熊野、さらに新たに征服された紀ノ川中下流域の兵士が加わっている。

それらの情報から、長髄彦は筑紫勢の盆地侵攻は、明石、針間、鴨、上道からの兵の戻る秋以降となると考えた。それでも、筑紫勢の先鋒は遥か吉野の東を北上していた。盆地進攻前の、兵と食糧調達行動だろうというのが長髄彦の推測だった。

夏の盛りとなって、長髄彦は二つの報せを受け取った。宇陀と榛原に関する報せだった。紀ノ川沿いの集落を征服しつつ東へ向かった筑紫勢が、宇陀を手に入れた。宇陀は盆地の王国には属せず、しかも必ずしも王国とは友好的な関係に無かった。宇陀の集落は筑紫勢に対しそれなりに抵抗したものの、敵への内応者も出て、王国側の期待を裏切り、僅か数日の攻防で落ちた。

その報に応じ、八十梟師は忍坂の北を迂回し、初瀬を経て東への坂道へ兵を進めた。派遣された五百の兵は、瞬く間にその先の榛原を制圧した。そのまま八十梟師は、榛原から宇陀へ上る墨坂に兵を進め、宇陀川の川原に柵を構築した。宇陀に達した敵軍が川に沿って墨坂を下り、女寄峠の守りを迂回してしまうことを恐れたための措置だ。

朝晩に秋の気配が感じられ、女坂の詰め所の周囲に薄の白い穂が目に付くようになって、鳥見山の王国軍本陣から、会議への参加召集が来た。長髄彦と阿加賀根は、春の日下での戦いでの殊勲者葛根毘古に女坂の守りを預けて、わずかな供を連れ磯城の王国軍主力の駐屯地へ向かった。

五

八十梟師の本陣は、盆地東南端に位置する鳥見山の中腹にあった。さして広くない平坦地に、数棟の掘っ立て小屋が建てられている。

長髄彦一行の到着が知らされて、真ん中の一番大きな建物の扉が跳ね上げられ、八十梟師が中背の姿を現した。続いて、新城戸畔、鳥見比古が姿を現し、最後に居勢祝と猪祝が顔を出した。顔見知りの、あるいは初めてその顔を見る多くの中小の集落の首長達が、八十梟師と王国の幹部首長連の背後に従っている。八十梟師は、両手を大きく広げ長髄彦と阿加賀根の二人に向かって進んできた。

長髄彦は思った。

（大げさな仕草だ。いまや王国軍の八割の兵を指揮する八十梟師だ。そして榛原での成功で自信をつけているのだろう）

長髄彦と阿加賀根への簡単な挨拶の言葉を終えて、八十梟師は長髄彦の背に手を回し、建物の中へと導いた。その地位を意識したしぐさだ。八十梟師の手を振り払いたい衝動を押さえて進む。建物の中は薄暗く、目が慣れるまでしばらく時間がかかった。出迎えた人々や建物の中の人の中に饒速日の姿が見えない。

「饒速日王はいずれにおられるのか」

「今回の会議は戦の進め方についての打ち合わせ故、王には声をかけなかった。実際のところ、居ても居なくとも変わりはあるまい」

八十梟師が、にやりと笑って例の割れた声で答えた。確かめるように長髄彦の顔を覗き込む。

（下品な笑顔だ。心の内と言葉が常に異なる）

長髄彦は笑いで応えず、ことさら表情を消して、八十梟師の顔を見返した。八十梟師があわて気味に加えた。

「儂と貴殿の二人が居ればこの国のことは何でも決められる。それでよいではないか」

（確かに二人の意見が一致すれば何でも決められる。仮にそうであっても、王の御前でこの国の運営に関する事柄を決めていくということは、基本的な約束事だ。八十梟師と二人でこの国の全ての兵を動かすことは、饒速日王の決裁済みのことではある。だからと言って、梅雨明けすぐに開催された時以来のこの会議に、王の出席を求めないのは間違いだ）

長髄彦は、八十梟師の笑顔に向かって言った。

「儂は気に入らぬ」

八十梟師は表情を消して、長髄彦の傍から離れた。そして大きく一拍、手を叩いた。視線の先に立っていた、八十梟師の弟、男戸磯城比古《オトシキヒコ》が大きな声を上げて、全員に着席を促す。

長髄彦と阿加賀根とを除く全員が、迷うそぶりも見せずそれぞれの席に向かいはじめた。長髄彦が見回すと、傍に新城戸畔が着席している。その隣に腰を下ろそうとすると、猪祝が長髄彦の名を呼びながら寄ってきた。

「長髄彦様、あちらの席へ、どうぞ」

視線の先で新城戸畔が小さく頷く。長髄彦もようやく気づき、おとなしく猪祝の言葉に従った。

猪祝の示す上座を見れば、床机が二つ並び、その一つに八十梟師が腰を下ろしかけている。その二つの床机は、木彫りの簡素な飾りが施されている背もたれがついていて、それ以外のものとは異なっている。長方形の部屋の中は、上座の二つの床机に正対して、三十人ばかりの首長達が肩をくっつけるようにして横五人、縦六列に腰を下ろしている。前列には大集落の首長達が顔を並べている。

長髄彦がその飾りのついた床机に腰を下ろして、男戸磯城比古が声を張り上げた。会議が開始され、男戸磯城比古が敵筑紫勢の兵力と現在位置について説明し始める。

兵力の構成については、配下の者から聞いていたよりもさらに詳細に報告された。明石、鴨、針間の兵が減って、代わりに和泉、熊野、吉野の兵が加わっていた。すでにその兵力は春の戦力に戻り、二千五百から三千と推測されていた。

敵主力二千余は宇陀の集落を焼き払って、宇陀川、芳野川を東に渡り、伊那佐山の麓に陣を構えていた。残りの兵は紀ノ川河口を確保している。僅かな兵が紀ノ川中流域にあって、紀の国との連絡路の確保に当たっていた。

説明は淡々と進められた。この地に集結していた首長達には承知のことらしく、誰からも質問は出ない。さらに、王国の味方の兵力とその配置について説明が加えられる。

王国に新たに加えられた榛原の兵の半分がこの地に来ていた。残り半分に、盆地東南部の集落から二百の兵が加わって、敵主力のいる、伊那佐山西麓を北に流れ下る宇陀川と芳野川沿いの道の防御を固めている。

話を聞いて、不満や疑問は湧かなかった。問題は敵がいつ攻勢に出てくるか、そしてそれは明石、鴨、針間の兵が収穫を終えて戦場に戻ってくる時期にかかっている、と長髄彦は説明を聞きながら考えた。

男戸磯城比古による話がひと段落した。猪祝が立ち上がって発言する。額に横三本皺を浮かべた顔に得意げな表情が浮かんでいる。

「敵の兵力と配置は分かった。問題は、この後、敵が何処を目指すかだ。このまま宇陀から伊勢へ向かってくれたらよいのだが、そう都合よくはいくまい」

猪祝はその下三白眼で長髄彦の顔を見た。それから、隣の八十梟師の方へ視線を移す。正面を見ている長髄彦に八十梟師の表情は見えない。八十梟師が小さく頷くのが視界の隅に入る。猪祝が視線をその他の首長達に向けて話を再開する。

「敵の兵力は回復した。秋の収穫作業を終えて明石、針間勢が戻ってくるとの予測もある。儂はここで提案したい。明石、針間勢の戻る前に、今、攻勢をかけるべきだ。その手順としては、男坂、女坂から紀ノ川へ兵を押し出す。紀の川河口の湊と、すなわち明石、針間、さらに筑紫本国と伊那佐山に陣取る敵主力との連絡を絶つ。伊那佐山の主力は補給を絶たれることになる。主力の半分ないし三分の一が伊那佐山を出て、吉野から紀ノ川を下って駆けつけることになろう。そこを忍坂と墨坂から我等主力が進撃して伊那佐山の残った敵を討つ。敵は戦いに不慣れで、筑紫に簡単に攻略された紀の国や和泉の兵がかなりの割合を占める烏合の衆である。ひとたび我等が打って出れば、彼等のかなりが我等に寝返り、分裂するだろう。春に戦った明石、針間勢の戻る前の今こそ好機と存ずる」

猪祝は昂然と胸を張り、顎を突きだして満座の首長達を見回す。

(悪い作戦ではない。伊那佐山の敵方の防御設備がどの程度のモノかが成否に影響する)

長髄彦は膝の上の右手を動かし口元を覆う。小指があごに触れて、ふと思った。

(そういうことだけではない。うまい筋書きだ。巧妙だ。いつの間にか我等は陽動作戦を担う別働隊にさせられた。主力を指揮するのは八十梟師ということになる。王国軍の過半が八十梟師の指揮下に入る。先の饒速日王の出席した御前会議では、忍坂、ないし墨坂で敵を迎え撃つと決めた戦略の変更だ。その変更であれば、当然、王の裁可を必要とする。詳細は別にして、内容自体に、反対する点は

無い。しかし、規程や手続き論を根拠に異を唱えたくない。本質でないところでけちをつけるように取られかねない）

腕を組み、視線を猪祝の顔に据えたまま長髄彦は考え続ける。

（そうではない。この手続きを無視することは、我等王国軍の結束の象徴である王の存在を否定することにつながる。王のいない王国軍は、早晩、烏合の衆となるだろう。それでは筑紫勢に勝てない）

新城戸畔の顔を見る。続けて鳥見比古の顔に視線を据えた。新城戸畔は、長髄彦の視線に気づかぬかのように猪祝の顔からその狐目を離さない。鳥見比古は、長髄彦の視線に気づいてすぐに顔を伏せてしまった。続いて阿加賀根を見る。長髄彦の視線の意味に気づいたように、阿加賀根が発言し始めた。

「ただいまの猪祝殿の提案は、検討に値する案だと思う。宇陀を攻め落とした敵が、なぜそのまま彼の地に留まったままでいるか。なぜ一気に我等が国へ侵入してこないか。その理由を考察するに、やはり猪祝殿の言われたことが正しい。前回の御前会議にて、磯城から忍坂にて敵を迎え撃つという戦略をご裁可いただいた。今回の提案はそうではなく女坂から紀ノ川へ兵を押しだし、伊那佐山の敵主力から紀ノ川中流へ兵が割かれた後、忍坂、墨坂から打って出るということで、ご裁可いただいた戦略を変更するということになるのだと思う。早速、王にご裁可いただくことにしてはいかがか」

言い終えて阿加賀根は猪祝を見つめ、さらに顔を回して上座にならぶ長髄彦と八十梟師を一瞥した。八十梟師は長髄彦の横で微動だにしない。阿加賀根に見つめられて猪祝は視線を宙に据えたまま、何度も小さく首を振っている。

長髄彦は満足した。言いたかったことを代弁してくれた。四列目から長髄彦の知らない若い首長が立ち上がり話しだした。八十梟師が顔を動かして、その首長を確認するような素振りをしたのを視界の隅で感じる。

「この場に集まった我等が目的は、敵を撃滅し、この国の存続を確かなものとすることにあると考えます。この場での議論と、その結果に基づいての我等の行動は、全てそれに資することに限るべきと存じます。したがって、王が出席しているか否か、ご裁可が必要か否かの様な、いわば手続きに関する問題にとらわれて、この会議の目的の達成が妨げられるようなことがあってはならないと存じます」

言い終えた若い首長は立ったまま、八十梟師の顔を見て、次に、振り返った猪祝の顔を見ている。猪祝がそれに応えて小さく頷いたのが目に入った。

八十梟師は想像以上に周到だった。連絡会議に毛の生えた程度のものだろうと、のこのこ出てきた自分を情けなく思う。

長髄彦は口を開いた。

「饒速日王は我等の王である。王の名において、盆地中の各集落から沢山の民が兵として集まってきている。この場に王が招かれてないことは非常に遺憾である」

長髄彦は話をきった。目を細め、口を真一文字に結び、不満の表情を顔一杯に表し、会場の出席者を眺め回した。何人かの首長が賛同の微笑を顔に浮かべ、何人かの首長が口を尖らし、眉間に皺を刻み、胸の前に腕を組んで長髄彦に抗議している。残りの大多数は下を向いている。長髄彦は話を再開した。

「遺憾であるが止むをえない。後日、王のご裁可を事後承認の形でいただくということで先ほどの提案を支持する」

（これが精一杯だ。止むをえないだろう。発言せず黙ったまま流されるよりは良いだろう。王の存在を無用と言いだしかねない八十梟師一派に釘をさすことはできたろう）

会議の大筋は決した。攻撃の日時、参加する兵力とその配置等が次々と決められていく。最後に八十梟師が、討議された攻撃案を、王に任じられた全軍の司令官として承認する、と例の割れた声で宣言して会議は終了した。先ほどの自分の発言がなければ、八十梟師の最後の言葉は、王の存在を無視した違ったものになっていたのだろう、と長髄彦は自らを慰めた。

長髄彦は、盆地西南部の中小集落の兵、三百の増援を得て、男坂、女坂から一斉に紀ノ川まで兵を南下させるよう要請された。阿加賀根が、さらに五百の増援を要求したが、陽動作戦にそれだけの兵を割く余裕は無いとはねられた。午後の日の高いうちに会議は終了した。顔見知りの新城戸畔や鳥見比古がしきりに一泊していくようにと長髄彦を引き留めた。会議で進行役を務めた八十梟師の実弟の男戸磯城比古からも、懇親の酒席を準備しているからと引き留められた。長髄彦はそれらの依頼を振り切り、阿加賀根とともに鳥見山の陣を後にした。

六

女坂の柵に帰り着いて三日後、約束どおり三百の増援部隊が到着した。指揮官は中背で、見たところ三十歳前後の甲高い声の持ち主だった。三百のうち二百五十は、阿加賀根のよく知る盆地南西部の中小集落の兵達だった。残り五十は、阿加賀根も長髄彦も知らない盆地南東部、磐余地区西部の集落の兵士で構成されていた。八十梟師の勢力圏で、猪祝の集落に従属しているという。その地区の兵を派遣してきたことに阿加賀根は違和感を持ったけれど、自分達が計画通りに行動するか否かの見張り役を兼ねていると解釈し、自らを納得させた。

増援部隊到着の翌早朝、阿加賀根と長髄彦は、女坂の柵から四百、男坂の柵から三百の兵を紀ノ川目指し出陣させた。指揮は阿加賀根が執り、長髄彦は女坂の柵に残った。

それぞれの柵から数里（二、三キロ）の距離に、敵側の小さな駐屯所があった。いずれも三十人ほどの小部隊で、押し寄せた兵が数百と知ると、算を乱して我先にと逃げだした。粛々と隊列を組んで軍勢は進み、半刻で双方の兵は合流し、さらに半刻で紀ノ川沿いの目標地点、丹生川との合流点に臨む中規模集落を取り囲んだ。

七百もの大軍にいきなり包囲されて、その集落の年老いた女首長は戦意を喪失し、たちまち降伏した。案の定、若い男達の大部分は兵士として筑紫軍に同道させられて不在だった。

阿加賀根は、第一報を長髄彦に知らせるため兵を走らせた。集落の大きな建物、集会所と若衆宿舎を指揮所と兵員宿舎に徴用する。阿加賀根は、兵には略奪を禁止し、それを条件に降伏した首長には、諸作業への全面的な協力を約束させた。直ちに、集落の防御設備強化のための作業を開始する。矢を防ぐ楯を集落の外周に張り巡らし、浅くなっていた環濠の泥を掬う。ところどころ崩れていた土塁を補修し、兵の宿所に天幕の簡易宿所が構築され、昼前には、駐屯地としての体裁を整えた。午後には東西三十里（約十二キロ）の距離に見張り所を設置した。

計画通りの進捗に、阿加賀根以下は満足した。磐余から派遣された兵の指揮官を入れて、顔合わせの意味を込めた、戦場での簡素な宴を催した。戦闘による勝利ではなかったけれど、確かな成功と適度な酒はそれなりに戦意と結束力を高めた。

阿加賀根は部下の強い具申を入れて、降伏した首長の屋形を明日中には到着予定の長髄彦も含めた指揮官共同の寝所と定めた。

翌朝、朝食後に指揮所と定めた集落中央の集会所に集合した六人の指揮官を前にして、阿加賀根はこの後の計画について説明し、意見を求めた。阿加賀根と長髄彦で立てた計画を大きく越える提案は出なかった。筑紫軍主力の半分にも満たない兵力では、攻勢に出ることはできない。計画通り、敵主力のいる紀ノ川上流方向からの来襲に備えて、防御施設の構築作業を優先的に実施することにした。その後に下流方面に対する防備を固めることで意見がまとまった。作業は開始され、午後には那賀須泥以南の集落から動員された奴婢が、食料を肩に続々と到着し作業に加わった。

後は待つだけだ。鳥見山の本陣からの知らせを待ち、紀ノ川を下ってくる筑紫軍を待ち、紀ノ川河口の湊から上ってくる針間や明石の敵増援兵を待つ。

七

待ちわびた鳥見山の味方主力からの使者がやって来た。長髄彦が紀ノ川中流に進出して七日がたっていた。良い報せではなかった。

紀ノ川中流域占領五日後に、すなわち二日前に女寄峠から押しだした主力と、墨坂を上った榛原、磯城の兵が伊那佐山の敵を攻めた。伊那佐山麓の敵陣から石と弓矢による厳しい反撃を受けて、夜襲も含め、数次にわたる味方の攻撃はことごとく撃退された。伊那佐山から長髄彦の占拠している紀ノ川中流域に敵が兵を割く以前の攻撃だった。功をあせって、待ちきれなかったのだろう。防御を固め、優れた装備のほぼ拮抗した数の敵に、攻めかかって勝てるわけはない。

長髄彦は複雑な心境だった。鉄製の武具を装備した筑紫勢が強敵であることを指摘したときの、猪祝の見下したような下三白眼の視線は、はっきりと思い描くことができる。軽蔑しているように長髄彦を見た八十梟師の爬虫類のような目も、忘れられない。

いい気味だという気持ちも浮かぶが、王国を侵略者の手から守るためには、友軍には苦戦ではなく勝利してもらわねばならない。

長髄彦の指揮する兵が紀ノ川の下流地域からの補給を断ったことを、敵軍は知ったはずだ。敵はどう出るか、長髄彦は阿加賀根や葛根毘古達と議論したが答えは出ない。長髄彦は待つことにした。

丹生に来てから八日目だった。上流の作業現場視察から戻り、阿加賀根とともに食事を取った。その晩、葛根毘古は下流の見張り所の部隊の指揮を執っていて、まだ戻っていなかった。長髄彦は、葛根毘古の帰りを待たず、早めに寝所へ向かおうと外へ出た。これまでの溜まった疲れが出たのか、早く横になりたかった。

戸外では篠つくような雨が降りだしていた。対岸の低い丘陵が霞んでよく見えない。雨具を取りに戻ろうかとも考えたが、僅かな距離に面倒と、寝所の建物まで走る。最初の晩には七人の味方の指揮官と雑魚寝をした首長の住まいも、今は四人でゆったりと横になれる。

窮屈な思いをして、八人で横になった最初の二晩、長髄彦は戸口から一番奥で横になった。上下流の見張り所に寝泊りする指揮官が出ていって隙間ができた。四晩目に、葛根毘古に請われて長髄彦はそれまでの寝場所を譲った。

新しい寝場所の、入り口に近い右手壁際に横になった。建物の外側の小枝で覆った外壁に当たる雨音が耳に障って寝付けない。

準備作業の進捗、今後の敵の動き、そして那賀須泥に残してきた妻と子供達のこと等が、脈絡無く頭に浮かぶ。那賀須泥の集落から見はるかす三輪山のたおやかな姿を瞼の裏に描いて、長髄彦は眠りについた。

眠りについて間もなくして、長髄彦は戦場で怒鳴りあう光景を夢に見ながら目を覚ました。

「曲者だ」

それが夢の中などではなく、寝所の一番奥で横になっている葛根毘古の声だと分かるまで一瞬だった。瞼を開けた長髄彦の目に入ったのは、寝所の奥に立つ、黒い人影が手にした剣の放つ、鈍い金属の光だった。囲炉裏の僅かな残り火を映して、振り下ろされる剣が光る。横になっている葛根毘古の体が手前に転がるように動いた。振り下ろされた剣が、葛根毘古の体を覆っていた毛皮を引き裂き、土を突く。覆いの毛皮が跳ね上げられ、剣が床を叩く音が響く。さらにもう一人が、動いた葛根毘古の体を追って剣を突きだす。葛根毘古の、出会え、と張り上げた声が響く。

曲者は二人だ。長髄彦は上半身を起こしながら得物を探して手を動かす。左手が脇に置いた剣に触れる。黒い影が左手から飛びだし、剣を振るう賊の背後に体当たりしていく。右手から、引け、と鋭く甲高い声がかかった。もう一人いた。賊は三人だ。左手の剣を右手に持ち替え、声のした右手を見る。三人目は戸口に立ち、扉に手をかけていた。

長髄彦は、剣を構えなおし、視線を戻す。葛根毘古に向かって再び剣を振り上げている男の背中に突進する。剣が背骨の脇の柔らかい部位に、ずぶりと突き刺さる。男がうめき声を上げる。剣の柄を握る長髄彦の拳に、噴出した生温かい男の血を感じる。残った一人を葛根毘古と、体当たりした味方が組み敷いた。囲炉裏とは、長髄彦を挟んで反対側から阿加賀根が飛びだして、戸口から逃げた三人目の男を追った。

長髄彦が剣で刺した男は、程なくして息絶えた。逃げた男は阿加賀根が追ったが、雨の中の暗闇に姿を消した。組み押さえた一人を、指揮所へ引き立てて、灯した明かりの下に曝す。長髄彦は、その顔に見覚えがあった。

兵に担がせて運んだ死体も、同じ磐余から加わった部隊の男だった。阿加賀根と葛根毘古が、上流の駐屯地にいるはずの磐余からの部隊へ向けて、兵を出すことを長髄彦に勧めた。

（指揮官以下部隊全員が、長髄彦達を暗殺する目的を持って派遣されたとすれば、三人の刺客だけで襲ってきただろうか。全員で襲うことは無理にしても十人や二十人で、寝静まった見張所を抜け出すのはさほど難しいことではあるまい。とすればあの三人だけが刺客として鳥見山の誰かに送り込まれたのだろう）

長髄彦は首を振って答えた。

「その必要は無い。鼠は三匹だ。襲ってきた者だけであろう。誰があの鼠どもをけしかけたのか、捕らえた子鼠に泥を吐かせよ」

言い終えて、葛根毘古の顔を見た。葛根毘古の、長髄彦の顔を見つめている眼を見てようやく理解した。葛根毘古の眼を見つめたまま頷き、礼を言った。

横になる場所を代わったことも、この数日間、昼間、欠伸する葛根毘古を見ることが幾度かあったことも、葛根毘古が今晩のことを危惧していたためだった。さすれば、最初の二晩ここに寝泊りした、あの磐余からの指揮官が逃げた男に違いない。背格好と甲高い声から考えてもそれは確かだ。今頃は鳥見山を目指して、小降りになった雨の中を駆けているのだろう。

長髄彦は明日以降の作業を考え、葛根毘古に後の始末を依頼して、阿加賀根と寝所に引き上げた。

横になっても頭が冴えて寝付けない。寝返りばかり打っているうちに、若い指揮官の規則正しい寝息が聞こえだし、阿加賀根の鼾が響きだした。

戸口の扉が静かに跳ね上げられて、葛根毘古が入ってきた。葛根毘古は確かめるように長髄彦に近づいてきた。長髄彦はゆっくりと上半身を起こした。

「吐かせました。起きておられるならば今お話しいたしましょうか」

葛根毘古の囁き声に、長髄彦は右手を上げて戸口を指して応えた。他の二人の睡眠を邪魔せぬよう、音を立てないようにして起きだした。先に出た葛根毘古を追って、長髄彦が戸口へ歩みを進めていると、阿加賀根の鼾が止んだ。二人で外へ出る。いつの間にか雨が止んでいた。雲間から顔を出した月の光に照らされて、葛根毘古が話しだした。

「逃げた男は増援部隊の指揮官で、磐余の首長の弟です。捕らえた男が言うには、兄の首長と猪祝に命じられ、増援部隊を指揮することになり、自分と死んだ男を加え三人が刺客の命を受けたそうです」

「お主の腕が良いのか、やけに簡単に自白したものだな」

「はい。捕まった以上、邑には帰れぬ、死んだことにして欲しいとのことです。そうでなければ家族が殺されてしまう。新しい名で長髄彦様にお仕えしたいとのことでした」

「八十梟師の命令ではないのか。八十梟師が絡んでいるということではないのか」

「そこは厳しく尋問いたしました。一旦は、絡んでいると言ったのですが、それはこちらの気に入ったことを言えば、命を助けてくれると思ったための嘘のようでした。そこは分からない、猪祝が八十梟師と話した上での命令なのかどうか、自分には分からないというのが本当のところのようです」

長髄彦は、葛根毘古の顔から視線を移し、月に照らされて、濃紺の空に黒々と稜線を浮かび上がらせている紀ノ川対岸の丘陵を眺めた。

(それは本当のことかもしれない。猪祝が八十梟師に相談せず、成功してから報告しようとした、ということも有りえないことではない。それでも、八十梟師が絡んでいる可能性の方が高い)

頭の中に猪祝の顔を浮かべながら、長髄彦は思った。

八

上流に設けた見張り所の防御強化を終えて、長髄彦は下流の見張り所の工事を急がせた。敵主力による上流からの脅威よりも、下流に陣を布く増援部隊からの圧力が増しつつあった。王国軍主力による伊那佐山の敵主力への攻撃は、頓挫していた。

一方で長髄彦の陣は効果をあげていた。紀ノ川下流域集落に拠出させた兵糧と、紀の国の湊から上陸し続ける兵と食糧の、伊那佐山の敵主力への補給を遮断し続けた。物見の兵の報告では、下流に集結している明石、針間の兵は五百を超えた。しかも毎日のように部隊が到着してきているという。

それなりの防御強化を施してはいるものの、背後からの攻撃を警戒しつつ、急造の柵で、下流域からの千を超える敵の攻撃を防ぐことはできない。それが阿加賀根らとの結論だ。

長髄彦は鳥見山の本陣へ三日と空けず、伝令を走らせていた。状況を知らせ、五百の援軍を要請していた。

悪い知らせが、鳥見山の本陣からもたらされた。包囲した伊那佐山の敵と和議の交渉が行われた。包囲を解く条件として、筑紫勢の今後の勢力範囲を紀ノ川、吉野川流域に限定し、宇陀からの撤退を、味方は求めた。敵はそれを一旦了承し、手打ちのための宴席が設けられた。宴席に出席した味方包囲軍の指揮官級の二十人が、酒を飲まされ、同席した敵に一気に全員刺殺された。目的のために手段を選ばぬ敵の本性を見抜けなかった、出先包囲軍の失策だった。指揮官を失った味方は女寄峠の柵と塁坂、宇陀川原の柵に引き上げたとのことだった。八十梟師や猪祝、そのほかの大集落の首長達が含まれていなかったのが、せめてもの幸いだった。

その和議交渉について、長髄彦達には何も知らされていなかった。八十梟師の関知しない交渉だったとは考えにくいが、当初の計画にそのような交渉は含まれていない。いずれにせよ、またしても功を急いだ磐余側の失策だ。

長髄彦は守りを葛根毘古に任せ、阿加賀根とともに鳥見山の味方本陣へ出かけることにした。

「刺客に襲われたことはいかがいたそうか」

長髄彦は、葛根毘古をはじめとした留守を預ける指揮官達を前に尋ねた。あの晩からすでに二十日余りが過ぎている。その間、長髄彦は鳥見山の八十梟師に対してはもちろん、関与したことの間違い無い猪祝に対しても何等行動を起こさなかった。

葛根毘古配下の、若い指揮官が決然とした顔を長髄彦へ向けて口を開いた。

「私を同行ください。猪祝めを、人目につかぬところで葬ってごらんにいれましょう」

那賀須泥集落の別の男が続く。

「良い機会です。私を同行させてください。長髄彦様が鳥見山におられる間は、敵も警戒し、守りも厳重にしていると思います。長髄彦様が引き上げた晩にでも、私がうまくやります」

長髄彦はうれしかった。若い指揮官達の、長髄彦を敬い思う熱い心が伝わってきた。胸が熱くなる。

刺客の件については、秘密にして阿加賀根や葛根毘古の二人以外とは話を避けてきた。それでも人の口に戸は立てられなかった。長髄彦は照れ隠しに、胸の内とは逆に、強い口調で話しだした。

「気に入らぬ。諸君は何を考えているか。報復はしない。筑紫勢を前にして、味方同士での争いをこれ以上大きくしてはならない。それに、誰がいつ、それをするにしても無事で帰れまい。必ず命を落とすことになる。儂は敵を、筑紫勢を前にして、諸君のような有能で貴重な指揮官をただの一人も失いたくない」

長髄彦は目をむき、復讐のために同行させて欲しいと言った二人を睨みつけた。うなだれた二人に向かい、今度は微笑を顔に浮かべ、口調を変える。

「気持ちはうれしく思う。聞きたいことは違う。刺客が猪祝なりの指図によるものであることを儂が知っている、ということを彼等に知らしめるか否かについて、意見を聞きたいのだ」

先ほどの失敗に懲りてか、皆、黙っている。長髄彦との付き合いの一番長い葛根毘古が、沈黙を破る。

「長髄彦様が気づいていない振りをなさいますと、猪祝はこれ幸いと再びお命を狙ってくるでしょう。さらに巧妙に、さらに確実を期して仕掛けてくるでしょう。長髄彦様のお命をお守りするのは手間がかかります。一方、気づいているということを知らしめますと、なぜ報復しないのか、なぜ声高にそれを指弾しないのか不思議に思うでしょう。猪祝のような男には、長髄彦様の、今は味方同士で争っているべきではない、というお考えは理解できないと思います。したがって、そこまで理解させる必要があります」

長髄彦が頷いていると、阿加賀根が、口をはさんだ。

「長髄彦様のそのようなお考えは正しいし、そのように考え、行動すべきだと私も思います。しかし、一方では、伊那佐山の敵軍のように、目的達成のためには何をしても良いと考える人間がいます。猪祝は、いわば伊那佐山の敵と同類です。なによりも、自分の利益が優先し、それを守るためなら何をしても良いと考える男です」

葛根毘古と阿加賀根の長い話に少し苛ついて、長髄彦は口を挟んだ。

「つまり、分からせても無駄だということか」

話の腰を折られて、むっとした阿加賀根が即答した。

「知っているということを猪祝に分からせても、今は敵の前に団結すべきと話しても、猪祝は相変わらず長髄彦様の命を狙うことを止めないでしょう」

「分かった。猪祝には、知っているということを何らかの方法で理解させよう。そして、報復する気の無いことも知らせよう。それでも、警戒を怠らぬようにすることにしよう」

長髄彦は、猪祝は自分自身と、自分の集落の利益を何よりも優先して行動する、利己的な考えを持った男だと考えていた。利己的で計算高い人間との交渉は、感情で動く人間との交渉と違って必ず妥協点を見出すことができると考えた。

九

鳥見山へ向けて出発するにあたり、長髄彦は日下へ使いを出し、饒速日の同行を求めた。戦の進捗から聾桟敷《つんぼさじき》に置かれたままの饒速日は、二つ返事で出かけてきた。三十名の鉄製の武具に身を固めた精兵に守られた饒速日の一行と、男坂の盆地側の出口で合流した。双方合わせて百名の部隊となった。

鳥見山に着くと、多くの兵士達は喜びの表情を浮かべたが、首長達の多くの表情は複雑だった、敗北の糾弾を怖れる者、全軍の指揮権を巡る争い、それらのことから内部分裂が起きるのではと恐れる者、そんなところだろうと、長髄彦は推測した。

会議は前回同様、八十梟師の弟、男戸磯城比古の司会で開始された。事前に、饒速日の副官、阿夜比遅が男戸磯城比古と話をしていた。長髄彦は、鳥見山に着くまでは、饒速日王臨席の御前会議という形式で進めるべきと考えていた。到着して鳥見山側の構えた雰囲気から、固執しないことにした。饒速日も、長髄彦の意見に同意した。長髄彦と阿夜比遅は、会議の開始時に饒速日に話させることを、妥協のための条件とした。

議場の席の配置は、議場の最も奥の壁を背にした中央に饒速日が腰を下ろし、その両側の席を八十梟師と長髄彦が占めた。その三人に正対して、最前列に居勢祝、新城戸畔といった大集落の首長達、二列目以降に盆地各地の中小集落の首長達が並ぶ。

「今回は、はるばる饒速日王の御臨席を賜って、二回目の戦略会議を開催する。初めに、饒速日王のお言葉を頂戴する」

男戸磯城比古の言葉に促されて、饒速日が威厳を損なわない範囲で勢いよく立ち上がった。腰に下げた鉄剣の環頭を左手で握り締め、眉間に縦皺を刻み、ただでさえ細い目をことさら細め、右口端を歪めて話しだす。

「春先から続く戦闘に従事し、我等が王国への敵兵の侵入を防いでくれている。まことにもってご苦労である。敵は、我等が国を手に入れようと、姦計をも含め、あらゆる手を打ってきていることは、皆、承知のとおりである。あの悪霊のような敵に、この我等が国を渡すわけにはまいらぬ。諸君の愛する家族を守るため命を賭け、一致団結して戦ってほしい」

饒速日は一気に話し終え、再度、会場の出席者を眺め回して着席した。居並ぶ首長達は身じろぎもせず、饒速日の顔を見つめている。長髄彦は、先頭をきって大きく両手を開き、そして拍手する。すぐに進行役の男戸磯城比古が続いた。会場に割れんばかりの拍手の波が広がる。負け組から離脱し、春の勝利を導いた饒速日、長髄彦の側に身を置きたいという出席者の思いが感じられる。

長髄彦は、会場の中に、無表情に義理のような拍手を続ける数人を見た。一人は猪祝であり、もう一人は前回の鳥見山の会議で、長髄彦の追い落としに一役買った若い首長だった。猪祝は、長髄彦の強い視線に見据えられて視線をそらせた。

長髄彦達一行が鳥見山に到着して以来この会議が始まるまで、長髄彦の前に猪祝は立たなかった。全軍を代表する指揮官という立場から、八十梟師は饒速日と長髄彦の前に姿を現したが、遠路の訪問に対する決まりきった慰労の言葉を述べただけだった。会話を交わしたとも言えぬような短い時間の観察では、八十梟師が刺客の件に関与しているかどうかは判断できなかった。

猪祝の顔を見つめ、長髄彦は胸の前で腕を組み、お前のしたことだと分かっているぞと心につぶやきながら強い視線を送り続ける。阿加賀根が長髄彦の視線の先を確認している。長髄彦は、猪祝の長髄彦の視線を避ける様子から、十分に意図は伝わったと感じた。

男戸磯城比古が立ち上がり、饒速日に向かう。

「お言葉、誠にありがとうございました。我等一同、一致団結して敵を一兵たりともこの国に入れぬよう、命を賭けて戦い抜きます」

　男戸磯城比古は身体の向きを変え、続ける。

「今後、どのような戦略で筑紫勢の侵略に対していくかを議論する前に、現在の戦況について確認します。最初に、伊那佐山の敵軍と、この地区の我等の兵の配置等について、新城戸畔殿よりその概観をご紹介いただく。その後、紀ノ川丹生地区の状況について……」

　男戸磯城比古は、話を切って長髄彦の顔を見た。誰が話をするのか、との問いだろうと推測し、最前列に座る阿加賀根の顔を見る。阿加賀根もすぐに頷いて、長髄彦は男戸磯城比古に視線を戻し、右手で阿加賀根を指し示した。男戸磯城比古が話を再開する。

「阿加賀根殿よりお話いただく。それでは新城戸畔殿、お願いいたします」

　新城戸畔の話は要領を得て、かつ簡潔だった。かつての、修飾語の多い演説は影を潜めた。敵軍は主力二千を伊那佐山の中腹から山麓に配置し、残りの五百が宇陀の、焼け落ちた集落にあった。この数日間に特に注意すべき敵軍の動きは無い。過去の戦いの経過については触れられなかった。

（なるほど、過去の苦戦については触れず、議論を今後の戦略のみにしようということか。それは新城戸畔が考えたことではあるまい。そして、日下で自分達とともに戦った新城戸畔に話をさせることにより、失敗について追求しにくくしている）

　新城戸畔の話は進み、味方の兵員の配置状況に移った。総勢三千五百、忍坂上の女寄峠を宇陀側に少し下った場所に主力二千が柵を構築し、墨坂の宇陀川原に柵を築いて五百、残り千が本陣、鳥見山に陣を布いていた。

長髄彦には質問したいことが次々に浮かんだ。女寄峠の防御設備の内容、墨坂の柵の強度、予備を兼ねたと思われる鳥見山の兵が墨坂、女寄峠へ応援に駆けつけるに要する時間等々。それでも長髄彦はそれらの疑問、質問を呑み込んだ。

（それらは、鳥見山の皆を追い込みかねない。それでかたくなな態度を取らせ、八十梟師と、その影響下の首長達一派との対立の構図が明確になり、一体感の醸成が困難になる。利するものは無い）

長髄彦は腕を組み眉間に皴を刻んで考え続ける。

（いずれにせよ八十梟師から、全軍の司令官の任務を奪い取らねばならない。この場でそれを言い立てるのではなく、今後の筑紫勢との戦いを通して実績を積みあげ、誰がこの軍の指導者としてふさわしいか理解させることが進むべき道だ）

新城戸畔の説明が終わって、男戸磯城比古が何か質問があるか、と尋ねたが、長髄彦は首を振ってそのつもりの無いことを意思表示した。長髄彦が了承した内容に誰も口を挟まない。新城戸畔がその顔にほっとした表情を浮かべ、席に戻る。

代わって阿加賀根が立ち上がり、丹生地区の状況について説明する。阿加賀根は、新城戸畔の説明に倣ってか、ごく簡潔に現状を説明する。一旦話を切って、阿加賀根が長髄彦の顔を見た。長髄彦は、阿加賀根に話を続けるようにと、小さく頷いた。

「この先、十日以内、遅くとも二十日以内に敵の攻撃が行われると予測しています。先ほども説明したように、我等七百の兵で守る急造の柵に対し、紀ノ川下流の敵は現在、我等とほぼ同数の七百、千を超え千二百を超えたら確実に総攻撃をしてくると思われます。味方の備え、武具の差異、兵力の多寡等を考慮すると、五日間もたすことはできてもそれ以上は無理と思われます。したがって、あと千、いや五百、味方の兵を派遣していただければ、二千までの敵であれば撃退しましょう。すなわち、この後、二十日から二十五日の間は伊那佐山と紀ノ川下流の敵の連絡を断ったままとしましょう」

阿加賀根は、丹生側の要求について触れて話を終えた。質問を待つようなことをせず、そのまま席に戻って腰を下ろした。長髄彦は、五百では厳しいとは感じたが、事前に打ち合わせをしたわけでもなく、阿加賀根の話したことを修正するようなことはしなかった。そのまま腕を組んだ姿勢を変えず、軽く目を閉じて男戸磯城比古の会議進行のための言葉を待った。

長髄彦は、阿加賀根の要求した数字について考えた。

（五百では厳しい。千の兵の増援を受けて、紀ノ川を一気に下り、敵船荷揚げ地点の敵兵を撃つのはどうだろうか）

長髄彦はこの案の実行が、盆地王国軍が勝利するための唯一の道と確信した。男戸磯城比古に据えた視線に力を込めた。会議進行役の男戸磯城比古が、自分を指名しないのであれば、挙手して提案しよう。右肘に僅かに力を入れた途端、別の考えが頭に浮かんだ。

（この案は全軍の指揮権を自分に渡せということを意味する。自分が提案したら、八十梟師以下が全力を挙げて、潰しにかかる。会場が二つに割れ、王国軍は分裂する。提案できない。最高の策が最善の策とは限らない。残念ながらそういうことだ。誰か別の人間、それも八十梟師や猪祝等からの提案でなければ実行できない）

長髄彦は自分に言い聞かせて、右手に入れた力を抜いた。

十

長髄彦の想像を超えて、会議出席者から様々な意見が相次いで出た。活発で前向きな議論が戦わされた。長髄彦の頭に浮かんだ、紀ノ川河口の敵を一気に衝く案は、誰からも出なかった。王国軍の今後の戦略は、結局、従来の基本線を踏襲することになった。

伊那佐山への攻撃は、あくまでも敵をおびき寄せるためのものと位置づけられ、決戦場は忍坂、女寄峠の先の柵と結論が出た。敵の忍坂迂回を防止するため、墨坂の柵の防備には工夫が凝らされることになった。

それは榛原の首長により提案された。墨坂では秋から冬の間、北から南に向かって谷風が吹き上げる。宇陀川の川原に設置された柵の前面に、刈り取った葦や薄を積み上げ、敵の来襲時にそれに火を放つ。北風に吹き上げられた火が冬の枯れた葦や薄を焼き、敵兵の攻撃を阻止するだけでなく、さらに風が強ければ、南へ坂道を登って逃げる敵兵を火が追いかける。

長髄彦は賛成し、八十梟師も異議を挟むことはせず、その案の実施が決められた。

敵の女寄峠の柵への攻撃を促すため、丹生の柵による敵増援部隊と食糧輸送の阻止は、引き続き行われることになった。阿加賀根の要求した五百は、三百に削られた。

長髄彦は三百の増援を呑む代わりに、期間を短縮し、十五日の間、丹生前面の敵の進攻を防ぐことを約束した。その期間に伊那佐山の敵が動かない場合には、二千の主力で宇陀の敵五百を討ち、伊那佐山の敵が動かざるをえないようにする計画が決められた。

議論を通して、猪祝は以前のように積極的に発言することはなかった。長髄彦は最後に、本陣を鳥見山に置くことはともかく、予備の部隊まで鳥見山で待機させることの不利について指摘した。そのときの新城戸畔や居勢祝の反応から、鳥見山側の内部にもそのことについての議論はあったのだろうと、長髄彦は思った。現在の兵力の配置は、最終的には八十梟師が決めたことと長髄彦は推測した。面子にこだわって、誤った判断にいつまでも固執してもしようがないのにと思ったが、検討するとの八十梟師の回答で、長髄彦は矛を収めた。

議論が尽きて、男戸磯城比古が、決定事項を要領よく総括した。長髄彦は、その要領のよさと、抜けの無いことに感心した。出席者からも異論は出ない。長髄彦の考えついた紀ノ川河口の敵を襲撃するという戦略は、俎上に載ることなく会議は終わりつつある。男戸磯城比古が、三列目の端に腰を下ろしていた阿夜比遅に向かって、声をかける。

「阿夜比遅殿、以上の内容にて王のご裁可をいただきたいと存じます。よろしくお願いいたす」

饒速日を挟んだ向こう側で八十梟師が顔を上げ、眉間に横皺を刻んで男戸磯城比古を見つめるのが感じられた。長髄彦も驚いた。会議開始時には阿夜比遅にその役割を果たすことをさせず、自分で仕切って饒速日に発言させた。会議終了時には阿夜比遅へ声をかけ、王への取次ぎを依頼した。

長髄彦側の協力的で、全軍の指揮権にこだわらない姿勢が確認できて、男戸磯城比古が会議の進め方を本来のあるべき姿に戻したのだろう。先ほどの八十梟師の素振りから、男戸磯城比古のその場での一存に違いないと長髄彦は思った。

饒速日は昂然と胸を張り、話し始めた。

「ご苦労であった。実りのある議論がなされた。現状では、考えられる最善に近い戦略であり行動計画であると思われる」

(最善に近い、とは思いきった物言いだ。最善ではないと言っている。まさか饒速日が、儂の頭の中の戦略に気づいているとも思えないが、普段、仮に意にそぐわない内容の具申がなされても、自身の意見を述べることなく裁可するのに、今回は不満だと言っている。饒速日は自分と同じように、俎上に上らなかった、何か別の戦略を持っているのだろうか。それとも丹生への増援について自分が妥協しすぎたとでも考えているのだろうか)

饒速日は話し続けている。

「我等は、なんとしても筑紫勢の不当な侵略を阻止せねばならない。これから十五日間の諸君の奮励にそれはかかっている。諸君の流す汗と血の一滴、一滴がこの国の平安を確実なものとする。家族を守り、国を守るための諸君の戦いは語り継がれるだろう。諸君に守られた子や孫達に語り継がれ、やがて伝説になろう。諸君のゆるぎない団結を期待する。神々の御加護を」

饒速日は、いつになく興奮し頬を紅潮させて、話を終えた。長髄彦は話の終了とともに、いち早く拍手をした。会場の出席者がそろって長髄彦に倣った。ゆっくりと男戸磯城比古が立ち上がり、前に進み出て饒速日に深々とお辞儀した。姿勢を戻し、閉会を宣言して会議は終了した。

長髄彦は立ち上がり、饒速日にお辞儀をしてその向こう側に立つ八十梟師に話しかけた。

「お主を前にして、猪祝に話しておきたいことがある。お主、猪祝を呼んでくれぬか」

長髄彦は八十梟師の顔を見つめ、ゆっくりとした口調で、顔には微笑みさえ浮かべて話しかけた。八十梟師は眉間に横皺を刻んだまま表情を変えず小さく頷いて、猪祝を手招きした。猪祝が顔を伏せながら表情を硬くしてその小太りの体を運んでくる。長髄彦は二人に向かってゆっくりと、一語一語を聞き間違えられることのないよう明瞭に、ことさらに低音で話しだした。

「今回の援軍三百で敵の大軍に対するのは非常に厳しい。したがって、今回は、途中で何処へかいなくなってしまうような、前回のような指揮官と兵は送り込まないでほしい。そのことについて念を押しておきたい。よろしいな」

言葉の最後は、猪祝の目を見据えながら話した。猪祝は視線を下げ自らの足元を見ながら、小さく頷いた。体に沿って下げられた両手の拳は、骨が白く浮き上がるほど硬く握られ、俯いた顔の両側の耳は真っ赤になっている。額の三本の横皺はいつもよりずいぶんと深い。長髄彦はこれで十分だと思った。

第五章　丹生（二）　乙卯の年（西暦紀元一七五年）秋

一

暑かった夏が過ぎて、ようやく秋が来たと思ったのもつかの間、急速に秋は深まった。朝晩の冷え込みが厳しくなり、早々に木々の葉は色づき、そして散っていった。

丹生の集落の下流に設置された柵に立つと、夏の間、茂る葦や木の葉に隠れていた、はるか数十里（五、六キロ）先の下流の河岸段丘上の集落までが見渡せた。

鳥見山での会議からすでに十日が過ぎている。物見の報告によれば、筑紫軍増援部隊の紀の国の湊への上陸は、一時ほどではないにせよ途切れることなく続いていた。敵駐留地には、千を超す兵員と兵糧がうず高く集積されている。

伊那佐山からの敵伝令はひっきりなしに、その駐留地に向かって走っていた。二十日前までは、その伝令も容易に捕えることができたが、敵も用心し、捕らえることは難しくなってきている。

いずれにせよ、伊那佐山の敵軍の食糧不足は確かなものらしいと、長髄彦は判断していた。伊那佐山の敵も紀ノ川下流の敵も、動きだすのはまもなくだろうと考えた。

柵の西側、敵攻撃の正面と予想される場所での陥穽を掘る作業は続けられている。防御設備に、これで十分ということは無い。鳥見山からの増援の兵三百を加えて、この十日間、下流の柵と丹生の集落の防御設備はさらに強固なものとなった。

翌朝、長髄彦が従兵の声に目を覚ましたとき、あたりはまだ闇だった。寝具を跳ね除ける。夜明け前の晩秋の寒気に思わず身を震わせる。武具を身に着け、朱塗りの兜を抱えて戸外へ出た。中天やや東には半月が皓々と輝いている。その光に照らされて、紀ノ川の向こう岸に、東西に長々と連なる山の端が黒々と横たわっていた。

「敵の総攻撃です。敵の先鋒は、十里（四百二十米）の距離で、真っ直ぐにこちらへ向かっておりま す。数は千五百には足りず、千二百は超えております。川下から霧が湧いていて、敵の一部はその中に隠れ、確かな数は分かりません。味方は全て計画通りの配置に就きつつあります」

「ご苦労、敵も奇襲が成功するとは考えてはおるまい。計画通り、火を燃やせ」

長髄彦が集まっていた指揮官達に命じ、阿加賀根と葛根毘古を除いた指揮官達は頷いてそれぞれの持ち場に散っていく。残った二人のうち阿加賀根に向かって長髄彦は言った。

「今回の攻撃は、時機的に考えて総攻撃に相違あるまい。丹生の邑にまで引くことになるやもしれぬ。手はずどおり、先に丹生へお願いする」

阿加賀根は短く、承知、とだけ答え、控えていた僅かな手勢を引き連れて、東へ向かって闇の中に消えた。

長髄彦は木製の楯で囲われた指揮所に上がった。周囲の闇に目を凝らしても何も見えない。東の空の色が、濃紫色に変わっている。長髄彦は、西へ向き直って腕を組み、闇のかなたを見つめ、足を開き、仁王立ちの姿勢となる。

柵の内外で、火矢のための小ぶりの篝火が点々と灯されてゆく。二列目の柵では、さらに大きな火が焚かれる。兵の居場所がはっきりと分かる。味方の兵は、長髄彦のいる指揮所の柵を除き、広い紀ノ川の河川敷に七箇所に分散して四段の縦深陣を形成している。

時間のたつのが遅く感じられる。敵の姿は見えない。西の闇の底、紀ノ川下流から白い朝霧が湧いてくる。まだ視界を妨げるようなものではないが、日が昇ってどの程度のものになるか、不安を感じる。長髄彦は一旦、床机に腰を下ろした。

二

半刻が過ぎ、空が紫から淡い紺に変わった。敵の先鋒が味方の戦列から、四半刻の距離に迫ったとの報せを受けて、長髄彦は立ち上がった。下流方向は立ち込める淡い朝霧に覆われている。西からの微風に乗ってその霧がゆっくりと上流の、味方の陣へ迫ってきている。敵は霧の中に姿を潜ませて進んできている。

「霧の中にいる敵からは、味方を見ることはできません。前方、霧の中に物見の兵を出し、その兵の合図と指示により、その方向に矢を射る戦法が効果的です。霧で合図が見えぬのであれば、物見の兵を二段、三段に配置すればよいと存じます」

葛根毘古が、自信に満ちた口振りで言った。

「そのような射法の訓練をしていたのか。最前列の物見の兵の生還は難しくなると思うが」

葛根毘古は長髄彦に向き直り、長髄彦の目を見ながら、一語一語はっきりと答えた。

「この戦からの生還を期待している者は居りません。皆、命を賭けています」

長髄彦は、味方最前線の柵から一里（四百二十米）に迫った霧の中の見えない敵に目を凝らした。

「長髄彦様、全ての柵に、今の戦法を取るように伝令を出したいと存じます。ご裁可、お願い申し上げます」

背後から葛根毘古が、自信と冷静さを感じさせる低い声で、具申してきた。長髄彦は、迫ってくる霧を凝視したまま頷き、さらに右手を上げた。

「伝令を出せ。日頃の訓練の成果を出し、霧の中の敵を射殺せ。作戦通りに行動せよ、と伝えよ」

向きを変えずそのままの姿勢で、長髄彦は背後の葛根毘古に命じた。

「かしこまりました。直ちに」

葛根毘古が弾むように答えた。それに続いて、葛根毘古が伝令に命じる声が、長髄彦の耳に達した。

長髄彦の立つ指揮台を取り囲む柵の左右から、若い兵が駆けてゆく。霧が迫ってきている。霧のなかに敵兵がいる。まもなく戦いが始まる。胸まわりの皮膚の内側に震えが走る。

三

紀ノ川の流れに近い側の、左翼の柵から、火の流れが空中を音もなく飛翔し、下流の霧の中に消えた。その火の流れを追って、数十本の矢が黒い束となり朝空を切り裂いた。短い時間を置いて、激しい雨音のような、矢の飛ぶ音が長髄彦の耳に届いた。続いて、並んだ中央最前列の柵からも矢が射ちだされていく。葛根毘古の声に促されて右に首をめぐらせると、右翼最前列の柵からも火矢が飛んだ。

霧に隠れた敵は広く散開して進んできているようだ。

霧の中の敵からも散発的に矢が飛んできだして、弓矢の撃ち合いが始まった。

両翼先端のそれぞれの柵に霧がかかりだした。飛び交う矢羽の音と、矢が木製の楯に突き刺さる音が戦場に響く。霧の中から、敵兵の上げる、くぐもるような叫びとも悲鳴ともつかない声が耳に届く。

「敵兵が陥穽に落ちたときの悲鳴でしょう。柵に接近してきています」

「そろそろ、両翼の柵に撤収命令を出した方が良いか」

「彼等指揮官に任せましょう。支えきれぬとなれば撤収するでしょう」

霧の中に身を隠している敵も、霧の外の味方も、そのいずれもが声を上げることを押さえている。味方の斉射された黒い束の空気を切り裂く音と、敵の応射した矢が味方の木製の楯を撃ちぬく音が戦場に響く。長髄彦の初めて経験する人の声のしない戦場だった。陽は昇りきり、心なしか霧も薄くなってきているように思える。

指揮台に立ったまま半刻が過ぎた。戦いの進捗が分からない。展開の有利不利も分からない。命令を出すこともない。何より体を動かすことができない。長髄彦は、両腕の皮膚を手で強くこすった。頬に微かな風を感じる。

「風が吹きだしました。霧が晴れるまでまもなくでしょう」

長髄彦は、葛根毘古も苛々する気持ちを抑えていたことに気づいた。

霧が薄くなり、風に飛ばされ、後退していく。長髄彦の目にようやく敵兵の姿が見えだした。鉄製の黒い武具を身に着け、見慣れた紋様の楯を手にしている。針間、上道の兵だ。

長髄彦はついていると思った。霧は味方の最前列の柵を覆い隠すことなく、晴れだした。兵力やその配置の不明な敵との戦いは、防御側の優位を打ち消す。兵の総数で劣り、武器武具の装備で劣る味方を指揮して戦うには、敵の動きを正確に掴んでいなければならない。これで適確な判断が下せる。

両翼最前列の柵に取り付いた敵兵の向こう側、薄れていく霧の中から、楯と矛を手に、続々と後続の敵兵がゆるい傾斜を登ってくる。春に見た三本の鳥竿に対し、一本だけ、青銅製の、金色の鳥竿が霧の中から姿を現した。記憶にある筑紫の紋様が描かれた楯が、その周囲を固めている。

敵後尾は霧の中のため、総兵力はどの程度なのか判断はつかないが、目に入るだけで千は優に超えている。敵は味方両翼に主力を集中していた。中央を薄く、両翼に厚い陣形を取っている。陥穽や壕、土塁等は中央により多く配置されていると予想したのだろう。それらを避けての凹字形の配置だ。春の教訓を生かしている。右翼はともかく、川に近い左翼に敵が兵力を集中してくることは想定していた。長髄彦は、振り返って葛根毘古を見つめた。葛根毘古は長髄彦の目を見返して、小さく頷き、言った。

「左翼に中央から兵を移動させます」

長髄彦は頷いてその提案を承認し、再び戦場に体を向けた。葛根毘古の命を受けて若い兵士が駆けだしていき、長髄彦のすぐ後ろで銅鐸が鳴り響き、藍色の旗が大きく振られた。

伝令の兵士が戦線中央の柵に到達する以前に、中央二箇所の柵から兵士が現れ、左翼に向かって走りだした。楯を持ち、槍を手にして列を形成し、斜面を斜めに障害物を避け、蛇行しながら進んでいく。青銅製の鈍く光る金銅色の槍先や武具に塗った朱が点々と目に入る。列となったそれは、あたかも鎌首を下げたまま進む赤棟蛇《やまかがし》のように、長髄彦の目に映った。訓練が行き届いている。長髄彦はその光景を見て、満足感を覚えた。

四

長髄彦が目を右翼へ転じると、敵の先頭が壕に渡り板をかけ、その板の上を楯を構えて進んでいた。敵の手にした楯の紋様から、明石の兵であることが分かる。左翼は上道と針間の兵だ。中央をゆっくりと進んでくる兵は、その竹製の武具、青銅製の武器から和泉の兵と思われる。

霧もようやく消えて、寄せ手の全容が目に入った。総勢二千には達していないものの、千五百を優に超している。その点では物見の兵の報告は間違っていた。凹字形の陣形で斜面をゆっくりと上ってきている。

味方にほぼ倍する敵の兵力を目の当たりにしても、長髄彦は恐怖を感じることはなかった。敵が霧の中に隠れて、その全容が分からなかった時の、咽喉にせり上がってきていた胃液と、胸の痛みは消えていた。苛つきが失せ、冷静さが戻り、自信が湧いてきた。

右手をゆっくりと上げた。期待した葛根毘古の反応が無かったので、長髄彦は振り返って、葛根毘古の姿を確認した。すぐに葛根毘古は一歩前へ進み、耳を長髄彦の口に近づけた。

「右翼にも応援の兵を送ろう。中央先端の柵の兵は僅かでよい。敵の兵が取り付いたら引き上げろ。両翼の柵は二段目までで、敵を喰い止める。それ以上一歩も退いてはならない。丹生への退却は、本日は行わない。そのように全軍に伝えよ」

力強く、弾むように、葛根毘古が応える。

「復唱します。放棄してよい柵は最前段の三つの柵だけ、二段目の柵を死守して敵の攻撃を止めます」

長髄彦は頷いて葛根毘古の確認要求に応えた。腕を胸の前で組み、昂然と顎を突きだし、戦場を見下ろすように睨めまわした。

陸続と蟻のように侵入する敵に、両翼の柵の味方が必死に防戦している。時機が重要だ。退却は早すぎても、遅すぎてもいけない。一列目の柵までの間に設けた陥穽を避け、追いすがる敵を突き放し、遁走や逃走ではなく整然とした撤退でなければならない。中央や二列目の柵からの応援の兵が時機を見て駆けつけて殿《しんがり》に付き、撤収は行われる。その時機の判断はここではできない。自分が左翼へ出かけ、右翼には葛根毘古を行かせ、それぞれがその場で撤収の時機を判断するという案も頭に浮かんだが、口に出すのはやめた。

両翼二人の指揮官の顔を頭に浮かべる。信頼し、任せた方が良いと、長髄彦は自らに言い聞かせた。

後方の柵からの弓矢による援護を受け、味方が柵の上から、準備され積んであった石を両手で、柵の下に取りついた敵兵めがけて投げ下ろす。その隙間を縫うようにして、敵兵は持参した梯子を柵にかけ、よじ登る。柵を乗り越えた敵兵とは、槍と剣で戦う。

左翼最先端の柵を登る敵兵の数が増えてきたように思われたとき、その後方の柵から一斉に五十名ほどの兵が飛びだした。撤収のための援護の兵達だ。長髄彦にもぎりぎりの時機に思えた。背後から葛根毘古が、叫ぶように声を出した。

「左翼、撤収が始まります。右翼もまもなくでしょう」

「なるほど、絶妙の頃合だ。予備は、幾ら残っているか」

「ここに二百、うち百が最後の予備です」

長髄彦は僅かの間考えた。葛根毘古から予備はあと百、との答えが返ってくると予測した耳に、二百という数がとどいた。それまでは、五十名ずつと考えていた、両翼に送る増援の兵の数を一気に百名ずつに増やす案が頭の中を駆け巡る。敵からは、それぞれの柵の中の兵力は見えないが、柵の間の兵の動きは見える。五十名ずつの増援ではたいした脅威に映るまい。ここは思い切って百名ずつの移動を見せよう。

「ここには兵は十名残せばよい。両翼、二列目の柵に百名ずつの増援を送れ」

葛根毘古はすぐには答えなかった。それでも、二呼吸ほどの間をおいて声が返ってきた。

「両翼に百名ずつ増派します」

長髄彦は姿勢を変えず、背中を見せたままの姿勢で頷いた。葛根毘古が命令を発し、待ち兼ねていたように長髄彦の立つ柵の両側の出口から、味方の兵が二列の隊列を組んで、左右両翼の最前線に向かって駆けだしていく。

左翼に続いて、同じ手順で右翼の撤収が開始された。両翼最前段の柵が放棄され、味方には分かっている陥穽の間を縫うようにして、兵が引き上げてくる。追いすがる敵兵も僅かに見られるが、殿についた新手の味方に容易に駆逐される。二列目の柵へ、味方の兵が吸収されていく。白兵戦で疲労困憊の、撤退した兵士が柵の中でその場に座り込むのが眺められる。

放棄された柵の上に敵兵がたどり着く。矢を防ぐ楯を並びかける間もなく、二段目の柵から味方の弓兵が、その敵兵に向かって矢を浴びせる。それぞれの柵は、前方に向かっては堅固に築かれているが、後方からの攻撃に対しては、無防備でがら空きとなっている。敵兵に休む間は与えない。多くの弓兵を含むそれぞれ百名の増援は、その点でも大きな効果を生んでいる。

「二百は超えているか、三百には達していないと思うが」

長髄彦は、首を回して斜め後ろの葛根毘古に尋ねた。葛根毘古は、長髄彦の省略の多い問いかけに慣れている。若いときのように、相手構わず発することは無くなったけれど、慣れた人間に対しては変わっていない。

初対面に近い相手に対し、その省略の多い質問が、ある種の値踏みのために使われることもあった。首尾よく答えることができた者の多くは、その後重用された。葛根毘古もその一人だった。

「左翼で百五十、右翼で百、中央で五十に満たない数十、合わせて二百七、八十といったところにございましょう。対して、味方は三十前後といったところでしょうか」

長髄彦は、自分が目算した死傷者の数と、葛根毘古の答えがほぼ一致したことに満足を覚えた。敵左翼で大き目の、矢を防ぐ楯が密集して動きだした。楯を二段に構え、高い角度からの矢も防いでいる。かなりの幅に広がり、陰に三百ほどの敵兵が潜んでいるように見えた。じりじりと二列目の柵に向かって進み始めている。右翼でも同様の動きが始まった。

「敵は我等の撤退の道筋を見ていなかったのでしょうか」

「その余裕は無かったようだな。そのことを祈ろう」

「戦いに希望的観測は禁物といつも仰っておられるではないですか」

「ま、このぐらいの期待は許してもらおう。期待が外れるとしても、今の時点で何かすべきことは無いのだから」

敵の楯の列が崩れた。陥穽に最前列を進む敵兵が落ちだした。後続の兵に向かって怒号が飛ぶ。密集隊形の進む勢いは簡単には止まらない。ばらばらと複数の兵士が視界から消えていく。

崩れた兵列に向かって矢が集中する。ようやく敵兵列が止まる。代わりの楯を並べ、列を立て直す。楯の間から向きを変えた矛を、杖のように突きだす。その柄尻で地面を突きながら、陥穽の有無を確かめ、慎重に進みだす。

幾つかの安全な侵入路を見つけだした敵が、縦列となって進みだした。縦に長く伸び、楯による横方向の防御が手薄になる。楯の代わりに長い板を脇に抱えてはいるが、効果は多寡が知れていた。中央の味方の柵からその縦列に向かって矢が射掛けられる。敵兵列の中で膝を折り、地面に崩れる者が出る。それでも後続の兵士達がその隙間を埋める。倒されても、倒されても兵の進む速度は衰えない。

敵兵は、二段目の柵の前の壕に達した。その敵に向かって、直接照準の矢と、乳児の頭ほどの石が投げつけられる。敵味方双方の上げる怒号や喚声が響く。壕に渡り板が架けられ、敵兵が渡りだす。

それをめがけて、木製の大きな柄杓が回転する。柵の上から煮えたぎった湯が、飛沫となって飛ぶ。掛けられた敵兵の悲鳴が上がる。

遠目にも、それは効果的に見えた。致命傷を与えることは無いけれど、与えた火傷は初めて敵兵を後退させた。先頭の兵の上げた悲鳴とそれに続く後退とが、敵の進撃を停止させ、隊列を崩した。

勢いづいた味方は、壕の手前に密集した敵兵に石を投げ湯を浴びせる。万を持していたように、柵の両脇から味方の兵が長槍を抱えて走り出た。傾斜を勢いよく下る兵士達の一斉に突きだす青銅製の槍の穂先が、陽光に黄金色にきらめく。左翼での趨勢は決した。

「湯掛けが、あれほど効き目があるとはな」

長髄彦は感じたままを口に出した。煮えたぎった湯を、柵に迫った敵兵に掛けるという考えを提案した男の顔を、思いだしていた。鳥見山から増援されてきた、居勢祝の兵を指揮する年の頃、三十過ぎの男だった。

遠くに投げることはできない、少しぐらいの湯を掛けられて死ぬ兵はいない、準備の面倒さに比べて効果が少ない等の否定的な意見が続いた。長髄彦は、それらの意見を退けて採用を決めた。その効用に確信を持ったわけではない。熱心にその効用を主張するその男の顔つきと、阿加賀根が反対意見を言わなかったこと、意見を求めて見た葛根毘古が首を横に振らなかったこと、それ等が採用に踏み切った理由だ。

いわば外様の居勢祝配下のその男の面目が立って、新たに加わった兵士三百の士気が高まればそれで十分と考えた。

長髄彦は、戦いの済んだ後で葛根毘古に聞いてみたいと思った。あのときに、首を振らなかった理由が、湯掛けの効果を信じたためか否か知りたい。

目を右翼に転じると、左翼の敵に遅れて、柵手前の壕に敵兵が到達したところだった。壕に渡り板が架けられ、敵兵がその上を進みだし、続いて左翼で起きたと同じことが繰り返された。

傾斜を転がるように敵兵は算を乱して逃げていく。味方は、弓を手にした兵が進み、背後から矢を浴びせる。追撃戦における傾斜を利した矢掛けは効果が高い。

長髄彦は、深い満足感を持って指揮所に仁王立ちしていた。追う味方が、一旦敵に奪われた最前線の柵に到達して、長髄彦は右手を上げた。

葛根毘古が斜め後ろで大声を出した。

「停止」

長髄彦は頷いて右手を下ろした。複数の銅鐸が振り鳴らされた。近場の味方の兵士達から一斉に歓声が沸き起こった。長髄彦は、今度は両手を高々と上げてその歓声に応えた。

「お主達も手を掲げろ」

葛根毘古が右拳を突き上げ、傍らの十名の警護の兵士達が得物を高く掲げ、歓声を張り上げる。戦場の全ての兵士達の間に歓声が響き渡り、銅鐸が打ち鳴らされて戦いは終わった。

五

長髄彦は、勝利を告げる伝令を、鳥見山の八十梟師のもとに詰めているはずの饒速日へ送った。全軍の司令官、八十梟師宛に伝令を送らなかったことは、ささやかな抵抗だった。

戦いに勝利した日から二日目の午後遅く、鳥見山からの使者が到着した。使者は、伊那佐山の敵との戦いに味方が大敗した知らせをもたらした。長髄彦は、結論の一言を聞いただけでそれ以上の話を止めさせた。傍らにいた葛根毘古に命じて、長髄彦の直属指揮官を即座に招集し、一緒に使者の話を聞くことにした。悪い知らせは限られた人数に絞り、全軍の士気の落ちるのを防ぐという考え方もあるが、長髄彦はそれを採らない。悪い知らせはいずれ皆の知るところになる。そしてそれは、必ず尾鰭のついたものになる。正確に知らしめることは、それを防ぐ。間違いの無い情報を、それが良いものであれ悪いものであれ、指揮官団で共有し、全員の納得する対策を決め、一致した行動をとる。それが、長髄彦のやり方だ。

阿加賀根をはじめ、幾人かの指揮官達が集まって、長髄彦は自身も初めて聞く話と断った上で、使者に話させた。

「計画に従い、味方が女寄峠の柵から宇陀に向けて出撃せんとした昨日の朝、敵の大部隊が宇陀と伊那佐山から女寄峠へ向けて押しだしてきました。味方は柵に籠り迎撃戦の準備を始めると、敵軍は柵の前面で進撃を停止しました。そのままの睨み合いが二刻ほど続きました。その間に敵の別働隊が、十日ほど前から宇陀川上流に構築していた堰を自ら破壊し、貯めた水を一気に放流しました。水は墨坂を勢いよく下り、上流からの敵攻撃に対し、火攻めを計画して積み上げていた葦と薄と、火着け用の炭火を押し流しました。水の流れを追うようにして、敵部隊が墨坂を一気に下りました。女寄峠前面の敵は陽動作戦の部隊で、墨坂を下った部隊が主力でした。

墨坂に陣を布いていた味方の榛原勢は一蹴されました。敵主力部隊は、宇陀川沿いに笠間川との合流点に到達すると、榛原へ進むことはせず、西行して、笠間川を駆け上りました。笠間川の最上流から敵軍は女寄峠の背後に出ました。前面の敵に気を取られていた女寄峠の味方は包囲され、鳥見山の本陣との連絡を絶たれてしまいました。背後の忍坂側に防御設備を持たない女寄峠の味方の柵が落ちるまで、時間はかかりませんでした。磯城勢を指揮し、女寄峠の柵に籠っていた八十梟師様と、同様に部下を率いて戦った鳥見比古様お二人の戦死の報せは、囲みを破り鳥見山の本陣に逃げ帰った猪祝様と新城戸畔様によってもたらされました。

居勢祝様の詰める忍坂下、鳥見山の本陣前面には、その知らせを追うように、一気に忍坂を駆け下りた敵軍が姿を現しました。

女寄峠の柵から逃れた兵を合わせ、鳥見山の本陣の味方の兵は千を僅かに超えるほどです。鳥見山を囲む敵兵は、二千を超えています」

話に聞き入っていた長髄彦をはじめとする指揮官達を重い空気が包んだ。

「八十梟師殿、鳥見比古殿の戦死は真か、誰かその死を見たのか」

沈痛な口調の長髄彦の問いに、使者はゆっくりとした口調で答えた。

「その死を確認した者で、鳥見山の本陣まで逃れ得た者はおりません。しかし、猪祝様、新城戸畔様のお話に疑義を挟める者もおりません。万が一、死を逃れたとしても敵に捕らえられたことは間違いありません」

捕らえられれば、奴隷の身か処刑されるしかない。身分の高い者と知られれば処刑される。執拗に権力拡大を狙う爬虫類のような目も、しわがれ声も好きではなかった。それでも、八十梟師の死は大きな衝撃だった。春に、ともに戦った宴会好きの鳥見比古の死よりも、なぜか大きく感じられる。

他の出席者から、似たような質問が次々と発せられた。ひとしきり、やり取りがあって、再び場を沈黙が覆った。長髄彦は、使者を下がらせ、居並ぶ男達に意見を求める。重苦しい空気が流れ、長髄彦の出席者の顔を見回す視線にすぐに応える者はいない。止むをえず、長髄彦は口火を切った。

「鳥見山の陣は包囲された。鳥見山は、攻撃されることを想定した防御設備を構築していない。地形の利があるとはいえ、二倍半の敵と戦えば敗れることは明らかだ。しかし、我等の千の兵力が合流できれば兵力は拮抗する」

長髄彦はそこまで話して、一旦、口を閉じた。合流しても味方は二千、装備で優る敵は二千五百。勝ち目の無い戦であることに変わりは無い。

居勢祝配下の、例の湯掛けによる防御を提案した若い指揮官の顔に視線を凝らした。話しだした長髄彦の顔を、途中からではあったけれど、顔を上げて見た少数の指揮官の一人だった。男は口を開いた。慎重に、一語一語その反応を確かめるようにゆっくりと話しだす。外様であることを意識した口調だ。

「私は、即刻、全軍で鳥見山に向け出発すべきと思います。僅かな、そう、百の守りをこの地に残し、女坂、男坂の兵もすべて含め全員、鳥見山に駆けつけるべきと思います。幸い、紀ノ川下流の敵はこの状況を掴んでいないと思います。また、鳥見山を包囲した敵も同様に、紀ノ川下流の軍勢を当てにしてよいか否か分からないでいます。その間隙を利用して、鳥見山の敵に我等の姿を見せれば、戦うにせよ、和睦するにせよ、より有利な条件で臨めます」

話がひと段落したところで、阿加賀根が話しだした。

「いずれにしても、我等は鳥見山とここに分かれて、敵に対するべきではないと思う。分かれてそれぞれに兵力的に不利な状況を作り、個別に撃破されることは避けねばならない。儂は、今の案に賛成する」

長髄彦は、他の出席者の顔を順に見回し、最後に葛根毘古の顔に視線を据えた。葛根毘古が小さく頷いた。

「阿加賀根殿、この地を配下の百の兵と守ってほしい。できるだけ長い時間、鳥見山の敵本隊と紀ノ川下流の敵との連絡遮断に努めてもらいたい」

阿加賀根が長髄彦に向かって力強く頷いて応えた。

「承知しました」

長髄彦は小さく頷いてそれに応え、顔を巡らせ、他の指揮官達の顔に目を凝らし、声を出した。

「残りの者は直ちに鳥見山に向け出発する。準備のできた部隊から一刻も早く出発する。鳥見山周辺の磯城なり、磐余での次の戦が最後のものとなろう。あわせて、盆地全ての集落に総動員令をかける。

全ての戦える者は磯城に集結するよう伝えよう。葛根毘古、その手配を頼む。それを済ませた明日、阿加賀根殿の兵百を除いた全てを引きつれて後を追ってきてくれ。それでは、諸君、鳥見山で会おう」

長髄彦は、話を終えてすぐに立ち上がり両手を勢い良く叩いた。全ての者が続いて立ち上がる。長髄彦は、集まった指揮官達の肩や背を叩き、鳥見山での再会を誓った。

六

鳥見山は盆地東南端にある。宇陀から吉野へ抜ける忍坂の上り口と、東への、長谷、榛原から伊勢に抜ける初瀬の道を扼している。

長髄彦は、那賀須泥の兵、和邇の兵、それに阿加賀根から預かった高尾張の兵の内、すぐに出発できたもの六百を加え千百の兵を率いて約七十里（約三十キロ）の道を駆けた。補充の矢、戦場での最低限の食料さえ、後発の兵士による運搬に任せ、東北に向かった。

居勢祝の和邇集落の兵四百が先鋒役を務めた。出発は午後遅い時間だった。晩秋の道は、雲の合間からの、柔らかな陽射しを浴びて白灰色に続く。

紀ノ川との分水嶺を過ぎると、盆地へ向かう下り道となる。盆地南端に達して向きを変え、盆地南側の丘陵の麓を東へ進む。

道の北側、進行方向左側、葉の落ちた木々の枝の間から、盆地が遠望できる。畝傍山、天香久山、耳成山の三山がたおやかな山容を見せている。枝分かれし盆地一杯に広がった大和川の支流が、夕陽に銀色に輝く。大小、数多くの集落が散在している。集落から夕餉の準備のためか、無数の白い煙がまっすぐに立ち昇っている。さらにその北側に、大和湖の水面が灰色にかすんでいる。その南東岸にあるはずの、那賀須泥集落の方角に目を凝らすが、さすがにそこまでは見えない。

秋の日没は早い。磐余に入るはるか手前で日が暮れた。松明に火を灯し、長い縦列となって進む。千百の兵は、出発して二刻半足らずで鳥見山の五里（二キロ半）の地点に到達した。

鳥見山の味方の陣には火が灯されている。中腹から七合目程までに火が点々と灯っている。その火の列との間に、広く黒い帯を挟んで、山の麓に、別の光の列があった。それは左手奥のやや高い位置から低い位置まで伸びて、鳥見山山麓北側を取り巻いている。筑紫勢の陣に間違いない。

鳥見山東側から北側を包囲している敵に対し、盆地を背にした鳥見山西の現在地に陣を布くことにした。後続の味方や、盆地各地からの増援部隊のために、この位置が適切だ。全軍で鳥見山に入るわけにはいかない。半々か、一対二か、それともごく少数に限るか、闇夜に瞬く敵陣の光の帯を眺めながら長髄彦は考えた。

敵も西からの長髄彦達の接近に気づいた。光の帯が動きだした。長髄彦の軍に向かって、左手奥の斜面からゆっくりと松明の光が降りてくる。

緊張が走る。到着早々の夜戦は考えていない。攻撃隊形を取る命令を出す前に、敵陣の松明の流れは止まった。安堵の空気が流れる。戦が起きなかったことを惜しむ強がりの声も聞こえる。

「少数の者で迂回し、敵陣の見えない部分、右手を突破する。儂とお主、和邇のお主とで、護衛の兵は三十、和邇と那賀須泥から十五ずつ、それで走破する」

和邇の指揮官の、承知しましたとの声を聞いて、長髄彦は高尾張の阿加賀根の部下の指揮官と、葛根毘古の副官で、那賀須泥集落の男の顔に目を凝らした。

「儂等が出発してすぐに、全軍の兵で、敵に向かって進み、敵との距離を一里半（六百三十米）まで詰めろ。敵が進んできたら引け。敵が動かなかったら、こちらも動くな。一刻か、いや、半刻もにらみ合いを続ければよい。それで兵を引け。敵との戦いは極力避けろ」

長髄彦は、闇の中を出発した。道案内ができる兵はいない。東南へ向かい、小川を二つ越して、さらに東へ進む。葉の落ちた淹木の間から、鳥見山の味方の灯が見え隠れする。敵の灯は左手奥にだけ見える。北東から鳥見山が迫ってくる。長髄彦は、進みながら鳥見山の味方に何を言うべきか考えた。

七

鳥見山の南斜面を真っ直ぐに登り、味方の灯が間近となって、兵士に声を上げさせた。味方も、使者が来ることを予測していた。一行が間違いなく味方であると確認されて、長髄彦は本陣に案内された。扉代わりの筵《むしろ》を上げて入室すると、明かり取りの数本の松明の灯に照らされて、饒速日王以下顔見知りの諸将が詰めていた。

長髄彦の姿を確認した饒速日が右手を高く上げる。新城戸畔が振り向き、その狐目を大きく見開く。その目に喜びをたたえて、そのまま駆け寄ってきた。戦死した八十梟師の弟、男戸磯城比古が拝むように手を合わせる。入室する長髄彦と派遣した部下を認めて、居勢祝が言葉にならない叫び声を上げた。猪祝や前回の鳥見山の会議で八十梟師の応援演説をした磯城の若い首長ですらが、顔に笑みを浮かべている。

「丹生より、早々に、遠路、駆けつけていただき真にありがとうございます」

寄ってきた新城戸畔が、長髄彦の手をとり、抑制の効かない甲高い声を張り上げた。長髄彦はその手を、力を入れて握り返し、新城戸畔の狐眼を見つめて頷いた。目を他の諸将に転じ、全員を見回すようにして言った。

「話を聞かせてくだされ。我等が国を敵に渡さぬ方策をともに考えましょうぞ」

長髄彦の勢い込んだ言葉に、ある者は下を向き、ある者は饒速日や男戸磯城比古の顔を見た。新城戸畔と猪祝を除いては、困惑の表情に近い不思議な表情を浮かべている。長髄彦は、饒速日のすぐ隣の床机に腰を下ろし、他者の着席を待った。

饒速日の顔を、最長老の居勢祝が腰を下ろしながら見つめ、饒速日の僅かに首を振るのを確認して、居勢祝はさらに男戸磯城比古を見る。男戸磯城比古が上半身を僅かに動かしだしたのを、右手を小さく上げて制するようにして、最長老で胡麻塩頭の居勢祝が話しだした。

「丹生への伝令がお知らせたとおり、女寄峠の戦いは我が軍の敗北に終わりました。八十梟師殿、鳥見比古殿をはじめ多くの将兵が死傷しました。現在のこの鳥見山にいる味方は、千二百五十、囲む敵は二千五百と思われます」

居勢祝は、一旦、話を切って、首を僅かに傾げて長髄彦と、丹生から同道した和邇の若い指揮官の顔を見た。一呼吸おき、長髄彦が黙ったままで居るのを確認して、その和邇の指揮官が答えた。

「丹生から長髄彦様が指揮して駆けつけました兵は一千と百。明日の夕刻までにはもう百が兵糧とともにまいるでしょう。また、長髄彦様が盆地各地に、全ての戦える者、この磐余の地に参集するよう下知を飛ばされました」

居勢祝が再び口を開いた。

「かねてより長髄彦殿が言われていた、敵兵の優れた装備にやられました。ご存知のようにこの鳥見山の陣は防御のための設備はほとんど構築されていません。倍する敵に包囲され、長髄彦殿とは離れ、いかんともし難いと思案しておりましたところ、本日、夕刻に、敵より和睦のための使者がまいりました」

規模的に那賀須泥に匹敵する和邇地区の首長で、王国幹部会の常任幹部の、しかも長髄彦よりも年長の居勢祝の物言いが、以前よりも丁寧になっていた。長髄彦と主導権争いをした八十梟師が戦死し、長髄彦の指揮した丹生の戦いは勝利に終わっている。春以来、長髄彦が指揮を執った全ての戦いで、味方は勝利している。その実績と八十梟師の戦死が、居勢祝の話し方の変化となっているのだろうと、長髄彦は思った。長髄彦は居勢祝に据えた視線を動かさず、話の続きを待った。

居勢祝は周囲に立つその他の首長達の顔を眺めたが、皆、押し黙ったままだった。居勢祝が話を続ける。

「和平の条件は、彼等の入植する土地のため、この盆地内のいずれかの場所を割譲すること、数箇所に分かれても構わないとのことです。概算で三千人の住める土地ということです。二つ目は、彼等の指導者を盆地内全ての集落の王とすること、二百程度の常備軍を養える量の租税と、彼等が新たに住むための建物の建造、田畑の開墾のための使役の提供、来年の秋までの食糧の提供、そういったところです。それに、当然のことながら饒速日王の退位を要求してきました」

居勢祝は話し終えて、再び、視線を周囲の人間に移した。饒速日は横を向いたまま床机に腰を下ろしている。新城戸畔と猪祝の二人が居勢祝の視線を受け止めたが、二人ともその表情を変えない。

長髄彦は胸の前で腕を組み、その情景をぼんやりと眺めながら、頭の中で計算した。

「筑紫の要求を受け入れて、我等は生き残れるのだろうか。おおよそでも良いから誰か計算しましたか」

誰も長髄彦の問いに答えようとはしない。新城戸畔が迷うような素振りから、意を決したようにして、眉間に皺を刻んだ顔を上げ、声を出し、ゆっくりと話しだした。

「長髄彦様、実は」

「彼等の要求を受け入れることは不可能です。相当数の餓死者が出ることになりましょう。ご指摘のとおりです」

新城戸畔の発言を押さえつけるようにして、猪祝が早口でまくし立てた。饒速日が小さく頷き、居勢祝と男戸磯城比古が同意するような視線を長髄彦に向けた。

長髄彦は新城戸畔の何かを訴えるような表情を見つめ、中断した発言の続きを待った。新城戸畔は口を開かない。猪祝が、横から遠慮がちに話しだした。いつも長髄彦に厳しく向けられていた下三白眼が穏やかだ。

「我等、この後、和戦いずれの道を採るべきか、結論が出ないままでした。彼等の要求が呑めないものであること、そして、長髄彦様が丹生より駆けつけてくださったことから、私は再度戦うべきと思います」

猪祝が話しだしても、長髄彦は新城戸畔の顔に視線を据えたままで居た。猪祝の口調は、八十梟師が戦死して、打って変わって丁寧だ。

新城戸畔が長髄彦の視線から逃れてその狐目を下に向け、長髄彦はあきらめて視線を猪祝に向けた。今度は横から居勢祝が、猪祝の言葉を引き取って話しだした。

「我等からも盆地各地、全ての集落へ召集の下知を出しています。少なくとも五百、おそらく千に達する男達が武器を手にしてこの地に集まると期待しています。丹生からの残りの百が到着すれば、兵力の点で筑紫勢を圧倒できます」

それまで黙っていた男戸磯城比古が、兄の八十梟師と異なった広めの額を松明の灯りに照らされながら口を挟んだ。

「私は、これ以上の戦いは避けるべきだと考えます。今度戦えば、彼等は徹底的に我等を殲滅しようとするでしょう。男達は、敵の鉄製の武具に殺され、女達は陵辱され奴婢として筑紫に送られ、海北の地に売りとばされるでしょう。子供達は奴隷にされるか殺されることになるでしょう」

「しかし、彼等の要求を呑めば餓死する者が出る。いずれにしても地獄となる。それなら戦って何とか生きる道を模索すべきだと思う」

猪祝が、男戸磯城比古と長髄彦、それに饒速日の顔を見ながら右手を上下させて、熱弁を振るった。

男戸磯城比古が皆を諭すように、ゆっくりと、落ち着きを感じさせるような口調で話を再開した。

「あの要求は最後通牒ではありません。要求が受け入れられないから戦うというのは短絡に過ぎます。さらに、盆地に移住する人数も三千は多すぎます。従っている兵の多く、筑紫以外からの兵はそれぞれの地へ帰るでしょう。一か八か、黒か白かの結論を下すべきではないと思います。彼等とて、あの要求を我等がそのまま受け入れるとは考えていないに違いありません。しかも、長髄彦様の援軍が到着しました。条件は変わっています。交渉すべきでしょう」

皆が押し黙る。互いの顔を見て腹の探り合いでもしているように見える。誰も口を開かない。議論が進まず、このままでは埒が明かない。止むをえず長髄彦は口を開いた。

「盆地各所から兵が集まるのはおそらく二、三日かかるだろう。目の前の敵が、紀ノ川下流の兵を、この戦いで当てにできると知るまで、早くて四日、あるいは五日。したがって、三日目の夕刻を交渉の刻限とし、交渉がそれまでにまとまらなければ、四日目の朝に総攻撃をかける。交渉をまとめるための最低条件は、王国の全ての民の生存が可能となることだ」

長髄彦は、そこで饒速日の顔に視線を据えた。

饒速日が厳しい顔で小さく頷き、民の生存が可能となるのであれば喜んでと応えた。長髄彦が続ける。

「生き延びるための最低限の食料以外のものと、我等の首を差しだして民が生きながらえることができるのであれば、それも止むをえまい。戦って命を失うか、降伏し、家族と民の代わりに命を失うかの違いじゃ。いずれにせよ、本日以降、皆の命を王に預けようではないか」

饒速日が、ゆっくりとした口調で応えた。

「そのように進めてくれ。民が、妻や子らが生き長らえることが重要だと思う。三日間、交渉が纏まらねばその翌日、四日目に戦おう」

「承知しました」

長髄彦は答えて立ち上がり、再度、皆の顔を見回す。すばやく頭を回転させ名前をあげる。

「居勢祝殿、男戸磯城比古殿、お二人は交渉に当たってくだされ。新城戸畔殿、猪祝殿には、決裂した場合に備え、作戦立案を含めた戦の準備を頼みたい。兵士達には戦は続いていると思ってもらおう。交渉に期待されると、決裂した場合に、戦意が元に戻るか不安だ」

皆の顔に否定的な反応が出ていないことを確かめて、長髄彦は話し続ける。

「儂は、明日から毎晩こちらへまいる。そこで、進捗について聞くことにしよう。そして翌日の進め方を皆と決めていこう」

「毎晩、往復で危険を冒すのはいかがと思います。せめて今晩だけでもこちらに留まられてはいかがでしょう」

それまで黙っていた阿夜比遅が言い、新城戸畔がその斜め前で賛成であると、身振りで示していた。

「いや、わしは戻る。盆地各地から集まってくる兵の編成をせねばならぬし、丹生に詰めている阿加賀根殿に、あと四日間、なんとしても紀ノ川下流と鳥見山の敵軍との連絡を絶ってもらわねばならぬ。そのことを伝えねばならぬ」

議論を打ち切り、長髄彦は建屋の外に出た。晩秋の外気の中で両手を上にあげ、体を大きく伸ばし、大きな欠伸をする。

長髄彦を追って、建屋から人が出てきた。振り向くと猪祝だ。猪祝は長髄彦に歩み寄ると、膝を折り、土下座した。

「長髄彦様、お許しください。八十梟師に命じられ、止む無くしたこととは言え、とんでもないことをしました。これからは、長髄彦様のため命を捧げます。どうかお許しください」

猪祝は、額を地面に擦りつけた。

建屋の入り口の筵が上げられて、丹生から長髄彦に同道した和邇の若い指揮官らしき人影が現れた。長髄彦は腰をかがめ、猪祝の脇の下に手を差し入れた。

「立ちなされ。お主は我等が王の軍隊の有力な指揮官じゃ。敵に勝利するために励んでもらわねばならぬ」

長髄彦は、さらに思いついて加えた。

「儂のために命を捧げるだけではなく、王の命も守ってくれ。我等の結束の璽《しるし》だ」

「はっ。命に代えてもお守りいたします」

猪祝は答えて、それから長髄彦の右腕に抱え上げられるようにして、ゆっくりと立ち上がった。長髄彦は猪祝の肩を叩き、和邇の若い指揮官と猪祝が顔をあわせなくとも済むように、その体をやわらかく反対側へ押しながら、若い指揮官に話しかけた。

「居勢祝殿との話は済んだか。それでは陣に戻ろう」

再び猪祝の耳元に囁いた。

「新城戸畔殿を助け、準備万端おこたりなく、よろしく。今日はゆっくり休まれよ」

来た道と同じように三十名の兵士が二人を囲んで、鳥見山の斜面を下りた。両軍の睨み合いは既に終わり、敵味方の松明の間に距離がある。ともにそれぞれの陣に兵は引き上げていた。

あの夜、刺客の手から命を救ってくれた葛根毘古の顔が頭に浮かぶ。

（あきれるに違いない。人が良すぎるとも言われるだろう。葛根毘古だけではあるまい。阿加賀根殿も何を言われるか、まあ、いいか）

長髄彦は空を見上げた。厚い雲が空を覆っているのだろう。月も星も、何も見えない。

八

長髄彦が兵を率いて丹生の柵を出発したその翌早朝、紀ノ川とその両岸の狭い土地を東から西に抜けようとする敵兵を味方の見張りが捕えた。口は割らなかったけれど、間違いなく女寄峠の味方の柵を抜き、味方を壊走させた伊那佐山の敵兵だろうと阿加賀根は考えた。

夕刻になり鳥見山からの伝令が到着して、阿加賀根は敵味方の状況、そして今後の計画について知った。

（和戦いずれにころぶか。意見が割れているということか。惨敗した鳥見山の連中は和議を主張しているのだろう。いずれにせよ和睦を受け入れることになるのであろうか）

昨日、すでに聞いていた八十梟師と鳥見比古の戦死情報を確認して、阿加賀根は猪祝の小太りな体形と、好きになれない下三白眼の目つきを思い浮かべた。伝令は猪祝の消息については触れていない。

「して、他の主だった方々は、皆ご無事でおられるか」

阿加賀根の問いに、伝令は首を縦に振って、「ご無事でおられます」と応えた。

（長髄彦はデブ狗めを許されたか。おおかた、土下座して、涙を流して許しを乞い、そして忠誠を誓ったのだろう。長髄彦の弱点だ。優しすぎる）

阿加賀根は考え続ける。妻子のこと、老いた両親のこと、気にかけている婢とその幼い子、そして集落の民のこと。

（自分には守らねばならない多くの人々がいる。責任を果たさねばならない。一昨日の使者の言っていた期限は今日だ。今夜でもよいとすればまだ間に合う。何より大きな弱点を持った者についていくことは危険が多い）

阿加賀根は右手拳を強く握り、大きく息を吸い込み目を閉じた。

（いずれにせよ和を結ぶことになる。その後のことを考えれば早い方が良いということか）

目を開けて夕空を見上げる。黒々と連なる金剛山からの山並に陽は既に没していた。

九

鳥見山を包囲する敵との交渉が開始された。初日は午前と午後の二回、盆地側の使者が双方の陣の間を往復した。盆地側は、前夜に駆けつけた長髄彦の率いる増援軍を背にして、要求が過酷すぎることを訴えた。三千人を一年間養うための作物の備蓄は無く、餓死者が続出することを説明した。

筑紫側は結論を必ずしも急がず、盆地側に何人であれば一年の間、養えるのかと質問を投げかけた。盆地側は、すぐに正確な答えを出すことは無理と答えつつも、一日の猶予を申し出た。

その日の午後の交渉では、阿夜比遅の発案により、盆地側は饒速日王の王権の象徴である璽《しるし》の天羽々矢と歩靫《かちゆき》を持参し、王統の正当性を説明した。筑紫側は、それらについて偽物等といった、非難を浴びせるようなことは言わず、筑紫側も、同じような天羽々矢と歩靫、さらに加えて巨大な鏡を使者に示した。それにより双方の祖先が、かなり近い世代まで同族であったらしいことが分かった。盆地側の使者には、筑紫側が、そのことを承知の上で、侵略してきたように思えた。

その晩、交渉の経過を聞いて、長髄彦は、筑紫が交渉の進捗を急いでいないようだ、という使者の推測に賛成した。その理由についても、居勢祝と男戸磯城比古の意見に同意した。

二人とも、筑紫側は、紀ノ川下流域に終結しているはずの増援軍の動静を知りたがっていることが、その理由だと言った。その増援軍の状況次第で、盆地側に突きつける条件を変えようとしている。

長髄彦も念を押したが、既に、そして当然のことながら、居勢祝と男戸磯城比古の二人が、鳥見山へ駆けつけた長髄彦の増援軍が丹生で筑紫増援軍の進軍を阻んだ同じ兵力と気づかれぬよう、使者に徹底していた。

さらに、長髄彦は、翌日の交渉の席で筑紫側に伝える数字の精査を行った。もとより、正確な数値などあるはずもなかった。各々の集落で備蓄している食糧をもとに、根気強く積み上げていった作業手順と、結果について説明を受けた。

自集落と勢力下の中小集落の備蓄量のおおよそを知っていることだけの長髄彦にとって、その数値からの推算がせいぜいで、正確な精査は望むべくも無かった。誰が作業に参加し、どのような手順で作業が進められたかを確認した。

千五百人であれば、多少余裕があるが、二千人となると、来年の天候次第となる。長髄彦は千五百という数値を答え、ぎりぎり千八百までなら譲るようにと、居勢祝と男戸磯城比古の二人に指示した。筑紫から遠征してきた兵士達に加え穴門、周防、安芸など遠方からの兵の何割かを加えて、実際に移住する兵の数を推測すれば十分な量に思えた。鳥見山を包囲している兵のすべてが移住するはずはない。しかし、彼らが同意するとも思えなかった。

新城戸畔と猪祝は、二人で練った作戦のあらましを説明した。長髄彦はその案に同意し、さらに、新城戸畔が、援軍の到着状況を確認し、軍の再編成を行うために、磐余の陣に移ることを願い出た。実際のところ、その日は、百人に満たない男達が集まってきただけだった。

それらを終えて長髄彦は、饒速日と二人だけで話したいと、周囲の者達に断りを入れた。広い建屋に二人きりとなって、長髄彦は口を開いた。

「明日の交渉がうまく行くことは無いでしょう。明後日には、再び戦わねばなりません。今までの、日下での戦いや竜田、丹生での戦いのようなわけにはまいりません。兵士と兵士がぶつかり合う白兵戦では、かねてより申し上げている通り、武具の優劣の差が勝敗に大きく影響します」

長髄彦は、話しながら饒速日の顔を見つめた。饒速日は目をそらすことなく、真剣な表情と誠実そうな態度で、年長の義兄の話を聞いている。

「明後日の朝までに、盆地中から千を超えるような男達が集まりでもしない限り、勝つことはできないでしょう。我等、王国軍が組織だって戦う最後の戦となるでしょう。私は戦死するまで戦います」

長髄彦は、言葉を切って下を向いた。

「義兄上、死んではなりません。今度の戦いで我等の王国が滅亡するとしても、王国の多くの民や我等の子供達は、この地で生き続けます。王国が滅びた後においても義兄上の果たすべき役割は、間違いなく大きいはずです」

長髄彦は、義弟の饒速日の言葉がうれしかった。それでも考えを変えるつもりはなかった。長髄彦の命令に従って多くの男達が死んだ。明後日の戦でさらに多くの若者が死んでいく。命を差し出せと命じる自分が生きながらえて、降伏するわけにはいかない。

饒速日の言葉に何度も頷きながら、下を向いたまま、長髄彦は口を開いた。

「私は那賀須泥の民のことが心配です。それでも、筑紫の移住者を受け入れるための労働力として、民は逞しく生き抜いてくれるでしょう。残りは私の妻と子供達です。私の身に万一のことがあったら、妻を王の妻とし、下の子二人を王の子として育てていただけないでしょうか。上の子は磐余の陣に志願してきました。私も立場上、帰れとは言えません。私と共に死ぬことになるでしょう。下の息子を、娘婿にしていただけませんでしょうか」

饒速日は視線を上げた長髄彦を見つめ、首を振りながら応えた。口の端が歪んでいない。

「義兄上、そのようなことを仰られてはなりません。戦に負けるようなことを前提にした話はやめましょう」

長髄彦は、勝つ可能性の少ないことは饒速日も承知しているではないかと思ったけれど、それでも饒速日の拒絶を含まない言葉をうれしく感じた。

「頼みましたぞ。私の妻と子をよろしくお願いします。下のちびを、王の娘婿にお願いします」

饒速日は、年上の長髄彦の、太い眉の下の二重の黒い大きな瞳に見つめられて、止む無く頷いた。

長髄彦の表情が変わり、太い眉が八の字となり、目尻に鳥の足跡のような皺が現れた。

長髄彦は、饒速日との話を切り上げ、建屋の外に出た。雲の切れ目から月の光が差し込んでいる。外に立っていた人影の中から二人が近寄ってきた。阿夜比遅と、磐余の陣に長髄彦と向かうことになっている新城戸畔だった。

阿夜比遅が、「終わられましたか」と尋ねてきた。長髄彦は思いついて、阿夜比遅を手招きした。近寄ってきた阿夜比遅に、長髄彦は話しだした。

「敵との交渉はいよいよ難局を迎える。時間は残り少ない」

長髄彦は一語一語考えるように、ゆっくりと、意味が取り違えられることの無いように、明瞭な語調で話した。

「われらが定めた交渉の期限が切れる。交渉を続けようとする者、戦いで決着を図ろうとする者、様々な意見を持った者が現れる。意見が通らねば力や策を使う者も現れるかもしれない。王の命を狙う者も現れるかもしれない」

長髄彦は、体の向きを変え、阿夜比遅の広い額の下の切れ長の目を見据えた。

「お主は、何より王の命を守れ。いや、お主だけでは十分ではないかもしれぬ。猪祝にでも相談して、屈強な兵士を三人ほど王の警護のために出してもらえ。儂に言われたと猪祝に言えばよい」

確かめるように覗き込む長髄彦に、阿夜比遅が短い承諾の言葉を発して頷いた。長髄彦はさらに念を押した。

「よいな。必ず王の命を守れ。王の命が危ういことになったら、問答無用でその危険を取り除くのだ。一瞬の躊躇もならぬ。よいな」

話し終えて、長髄彦は阿夜比遅の二の腕のあたりを軽く叩き別れを告げた。離れて待っていた新城戸畔のところへ歩み始めた。月の光が長髄彦の、猫背の長身の背中を照らした。

磐余の陣に戻った長髄彦を、丹生から到着した葛根毘古が出迎えた。天幕を張り巡らせただけの粗末な陣屋の小さな焚き火を間に挟み、新城戸畔を入れて三人は話し合った。

葛根毘古は、丹生からの撤収作業が順調にいったことを報告した。長髄彦は筑紫との交渉について話し、新城戸畔は戦闘準備の進捗について説明した。

葛根毘古が短い首のうえの頭を左右に動かしながら、長髄彦に目を凝らし、低い声を出した。

「猪祝めは、いかがされましたか」

長髄彦は避けていた話題を持ちだされ、一瞬の躊躇の後に答えた。

「最初の晩の会議の終了後、外に出た儂の前に土下座して詫びてきた」

「八十梟師に命じられて止む無くしたとでも申しましたか」

長髄彦は頷く。傍らで新城戸畔がその目を一杯に開き、話の行方に聞き入っている。

「して、今度は長髄彦様に忠誠を誓い、命を預けるとでも」

しばらくの間沈黙が二人の間を支配した。火にくべた小枝のはぜる音が響く。

「長髄彦様はお許しになりましたか」

葛根毘古が独り言のようにあきらめの言葉を発した。

「あの男は、自分の家族と集落の民の安泰を何よりも優先する。それがあの男にとっての正義なのだ。あの当時、あの男にとって八十梟師につくことが正義だったのだ。八十梟師の考えどおりに動くことが集落の将来を保障した。今は違う。今度は、儂の考えに沿って動くことに、あの男の正義はあるのじゃ」

新城戸畔が、ようやく事情が理解できたのか腕を組んで考え込んでいる。あきらめたように、独り言のように葛根毘古がつぶやく。

「長髄彦様はお優しい。命を狙われた裏切り者を許す人は、そうは居りますまい。それは長髄彦様の良い点でもあり……」

「もう良いではないか。猪祝めは裏切り者ではない。あの男の信じる正義に従って行動したのだ。それに、あの男の勇猛さは今の我等にとって大いに役に立つ」

葛根毘古が、焚き火の燃料用の長めの小枝を手に取って、燃えている薪をかき混ぜた。炎が音を立てて燃え上がった。葛根毘古のあきらめの表情を浮かべた顔と、新城戸畔の狐目の間に刻んだ皴がその炎に照らしだされた。

第六章　磯城　乙卯の年（西暦紀元一七五年）初冬

一

長髄彦が、筑紫側との交渉最終日と定めたその日は、朝から細かい雨粒が間断なく降った。夕刻になり、初冬の早い夕闇の中、萱を編んだ雨具を身に着けて、長髄彦は、新城戸畔とともに鳥見山の陣に入った。

予想した通り、交渉はまとまってはいない。筑紫側は、二千五百から三千人の盆地移住にこだわった。王国側は、二千人を超える人間を一年間養うことはできないと、要求を拒み続けた。

磐余には、王国各地から武具を携えた男達が続々と集結してきていた。携えている武器武具は貧弱ではあったけれど、その数は七百に達しようとしていた。兵の再編成と戦術検討作業は着実に進んでいる。最終的に、八百近い新たな兵力が加わる、というのが新城戸畔と葛根毘古二人の意見だった。

この増援兵の集結は、筑紫側も承知していた。兵員の数だけを比較すれば、鳥見山と磐余とに分かれた王国側の兵員は二千五百を超え、忍坂下で鳥見山を囲む筑紫勢を凌駕した。

それでも、筑紫側は強気の姿勢を変えない。鉄器を装備した筑紫兵は、青銅製武器が主体の王国軍の数割り増しの兵力に相当すると、信じているに違いない。さらに、紀ノ川下流域に集結しているはずの増援軍の存在を当てにしているのだろうというのが、長髄彦達の一致した意見だった。

男戸磯城比古が、交渉の継続を主張した。戦死した八十梟師に代わり、盆地最有力勢力の一つを率いることになった八十梟師の弟、男戸磯城比古の発言はそれなりに重い。紀ノ川下流域の味方と連絡の取れない状態が、後二日も続けば、筑紫側が大幅に譲歩してくるだろうというのが、男戸磯城比古の推測であり、主張の根拠だった。

新城戸畔は、明払暁《ふつぎょう》の戦闘開始を主張した。全ての準備はそれに向けて進められていた。味方は増え続け、兵士の士気も高い。携行した糧食は多くない。この状態をいつまでも持続することはできない。議論が活発化する中で、居勢祝が必ずしも男戸磯城比古に同調していないことに、長髄彦は気づいた。男戸磯城比古の、交渉を続けた場合の見通しについての意見には、困惑の表情さえ見せている。

議論が堂々巡りをはじめた。長髄彦は、議論が論理的に膠着して感情的なやりとりが激しくなる兆候を感じ、口を挟んだ。交渉の責任者の居勢祝に質問する。居勢祝は敵側には交渉打ち切りの気配はなく、したがって戦闘行動を起こす気配も無いと答えた。長髄彦は同席の饒速日王の裁可を求めた。

明払暁、磐余側から出陣し、鳥見山北側の敵陣中央西翼部を襲う。攻撃開始八半刻後、鳥見山より全軍で敵中央部東側へ駆け下りる。味方の兵力の全てを使って、敵将の居ると思われる中央部を東西両側から挟撃する。

饒速日王は、一言も注文をつけることなく、長髄彦の要請に応じた。王の副官、阿夜比遅がすばやく手配した水杯で、互いの健闘と味方の勝利を誓い、王家の祖神に祈りを捧げた。長髄彦は饒速日の傍ら、鳥見山に残り、新城戸畔は降り続いた雨で緩み、ぬかるんだ地面に足をとられそうになりながら、磐余に戻っていった。

鳥見山北斜面を包囲している敵に攻撃の意図を見破られぬよう、細心の注意が払われた。その夜遅くになって、百人から百五十人の兵を率いる中級指揮官達が集められ、翌朝攻撃の計画が伝えられた。遠征への出発時のような炊事の火が焚かれることもなく、翌朝奇襲の意図は隠すことができたように思えた。

長髄彦は早々に横になったが、頭が冴えて寝付けないでいた。ほんの短い時間、うとうととしただけで、年上の従兵に起こされた。実際には結構な時間の睡眠をとったようだった。武具を身に着け終えた頃、ちょうど闇の中から怒号、叫び声が聞こえだした。明かり取りの火が灯される。

夜が明けていないのに戦いが始まっている。攻撃開始は日が射してからではなかったのか。どうなっているのだ。

指揮所の床机に腰を下ろし、従兵の差し出す柄杓で口の中をすすいでいると、居勢祝が駆けつけてきた。居勢祝も寝所からで、詳細は知らない。磐余から連れてきた那賀須泥の兵を物見に出し、待機を続ける。状況は分からず、時間の経つのはいらいらするように遅い。

ようやく夜が明けだして、風が出てきた。壁と扉代わりの筵が跳ね上げられた。雲ひとつ無い晩秋の朝、日の光が強く、生温い南風が吹いている。

猪祝を先頭にして数人の指揮官が、足音高く指揮所に入ってきた。冷えて湿った外気が、男達とともに室内に入ってくる。

「敵筑紫側による攻撃が、磐余の味方に向かって開始されました。奇襲は失敗です。鳥見山の我が方の部隊は、攻撃位置につきました」

猪祝が、床机に腰を下ろした長髄彦に向かって報告した。

「ご苦労、攻撃開始だ。敵はここからの攻撃を予測しているかもしれん。闇雲に突撃することは避けろ」

建屋に入ってくる饒速日の姿が目に入った。話を中断して長髄彦は立ち上がり、頭を下げ、腰を折る。再び腰を下ろして男達に向かった。日の届かない薄暗い指揮所の中で、明かり取りの松明の灯に照らされて男達の瞳が光る。長髄彦は低い声で、ゆっくりと語りかけた。

「今日のこの戦いが最後の戦となろう。諸君の妻や子のために、父と母のために戦え。それぞれの家に生まれたことの本分を尽くせ」

長髄彦は、自分の言葉の効果を確かめるように男達の顔を眺め回す。猪祝が上目遣いに長髄彦を睨んでいる。長髄彦はその下三白眼を頼もしく感じながら、最後に声をはり上げた。

「武運を祈る。神々の御加護を祈る。往け、勇者達」

男達は、目を見開き、両こぶしを強く握り締めて、長髄彦の言葉を聞き、短く大声で吼えて背を向け、外へ駆けだしていった。

二

指揮所の中には長髄彦と饒速日の他には僅かな男達だけとなった。最長老で戦場を駆け回るには年を取りすぎた居勢祝と、武術を苦手とする王の副官の阿夜比遅、王の護衛のために猪祝が残した三人の屈強な若者。

屋外から兵士達の喚声が響き、続いて斜面から駆け下りる足音と身に着けた鎧兜の立てる乾いた音が耳に届いた。

敵味方の振り回す金属製の武器のぶつかり合う音が遠くから聞こえる。味方による攻撃が開始されて、おおよそ八半刻が過ぎた。戦いの場から何の報せも無い。待ちきれない。長髄彦は、立ち上がった。床机の左側に立てかけていた剣を掴む。饒速日の顔を見て一礼する。顔を上げて視線を居勢祝の胡麻塩頭に移す。

「儂は、王とともにここに居よう」

居勢祝が応えて、長髄彦は小さく頷き、手にした剣を腰に挿し、向きを変えゆっくりと足を踏みだす。

「必ず戻ってこられよ」

饒速日の凛として、それでいて悲痛な声が背に響く。長髄彦は立ち止まり、首を僅かに右後方斜め下に向けた。体の向きは変えていないので饒速日の姿は見えない。右目の隅にその気配を感じながらそのままの姿勢を保ち、妻子の今後に関する言葉を考えたが、周囲の人間に聞かれてもかまわない言葉が浮かばない。あきらめて、よろしく、と短い言葉を発し、外へ向かった。

指揮所の外は、初冬の朝とは思えない暖かさだった。長雨に洗われて、大気が澄んでいる。日の光は思いのほか強く、空高く僅かに鰯雲がかかっている。戦場を囲む山々の、ところどころわずかに残った紅葉が日に映えて輝いている。従兵は出口のすぐ外に待機していた。朱色に塗られた兜を抱えて長髄彦に続く。

剣と剣の立てる音、矛や槍が楯を打つ音が、斜面の下から聞こえてくる。長髄彦は、音のする方向へ足を進めた。

（攻撃予定時間以前に、敵が攻撃を開始したのは偶然だったのだろうか。敵は、鳥見山ではなく、先に行動を起こす予定だった磐余の味方を攻めた。何かおかしい）

考えはさらに続く。

（昨夜の会議の席上、居勢祝と男戸磯城比古は、敵に攻撃開始の気配は無いと言い切っていた。何を根拠に言っていたのだろうか。そういえば、男戸磯城比古の姿を見ていない。磯城兵の持ち場は西南端で指揮所から離れている。兵と行動をともにしていれば、指揮所に顔を出さぬことも不思議ではない。しかし、今朝は計画外のことが起きたのだから、顔を出すべきではないか）

際限の無い自問を止めて、長髄彦は従っている護衛の指揮官に向かって口を開いた。

「戦場へ出た物見の兵が戻らぬ。戦いの様子を見てまいれ」

兵が三人、それぞれ指揮官の命じた方向へ走る。長髄彦は、中央を駆けた兵の後をゆっくりと進む。

東側が急斜面となり、眺めのよい場所へ出た。僅か半里（二百十米）先の低地で戦いが繰り広げられている。剣や矛、槍の穂先が朝日を受けてきらきらと光っている。

戦いに参加していない兵の数を目で追いながら、右手を後ろへ回し、従兵の持つ兜を催促した。白兵戦は、戦いに参加していない兵の数で勝敗が決まる。兵全員を戦場に投入することはあっても、一気に戦闘に参加させることは愚将のすることだ。父親から叩き込まれた。

従兵から受け取った兜を被り、長髄彦は腕を組み、胸を反らせ、足を肩幅に広げ、朝日を浴びて立った。朱を塗った兜と鎧は戦場の敵味方双方の目に入る。春以来不敗の長髄彦がそこにいることは、すぐに知れ渡る。

戦況を目で追いながら、頭では男戸磯城比古の裏切りについて考えた。それが王国にとって致命的であることは明らかだ。

おおよそ一里（四百二十米）先、戦場左手、奥の小高い丘の上、敵兵の塊の中に青銅製の複数の鳥竿が、朝日を浴びて金色に輝いている。目を凝らすと、塊の中央に鉄製の黒い武具を身に着けた男が一人いる。寄せ手の総大将に違いない。その傍らに立つ一人が長髄彦の方向を指差している。

長髄彦はそれほど目が利くわけではない。半里（二百十米）先の人間の細かい様子など、普段は識別できない。それでもその黒い武具を纏った男が、あの春の夕刻、日下の丘の上に、陽を背にして立っていた三人の男達のうちの一人に間違いないと確信した。

三

不意討ちを受けた磐余側の新城戸畔と葛根毘古の率いる千五百の兵は、二人の冷静な指揮により早々に立ち直った。武具武器の性能、そして老兵の多いことによる体力などの劣位は、部隊間の早めの交代により補われた。

猪祝が指揮して鳥見山を駆け下りた千の兵は、その攻撃を予期し、防御の隊列を組んで待ち受けていた筑紫兵に、食い止められた。

いずれの戦線も膠着状態に陥った。戦闘が緩慢な小規模の衝突に変わっていき、昼前には両軍ともに兵を引いた。筑紫勢は、鳥見山の包囲を解き、鳥見山西側で磐余の盆地軍を攻めていた兵を吸収して、忍坂を背に鳥見山の北東側から東側に陣をまとめた。王国軍の磐余にいた新城戸畔と葛根毘古の率いた兵が、筑紫勢の引いた後の鳥見山西北地域を埋めて、分かれていた王国軍が一つになった。

指揮所に引き上げた長髄彦の周囲には、饒速日をはじめ、居勢祝、新城戸畔、猪祝等の王国軍の指導者達が集まっていた。筑紫勢の攻撃をとりあえず撃退したことにより、安堵の空気が流れている。長髄彦はそうではないと考えていた。王国軍は勝たねばならなかった。敵には、紀ノ川下流域に、千を超える増援軍がいる。いずれその増援軍は合流する。その後で、王国軍が勝利することはない。

猪祝が勝鬨を上げさせてくれと長髄彦に言ってきた。額の横三本皺に返り血を浴びている。その必死の形相を見ながら長髄彦は思った。

（この下三白眼は、獲物を銜えて主人の元に戻った猟犬の目に似ている。誇り高い猟犬の成したこと

を認めぬことは得策ではない）

長髄彦は頷いた。走りだそうとする猪祝を止め、ついでのように加えた。

「王の護衛をしているのは、確かお主の手の者達だな」

猪祝が頷く。

「見たところ、油断していることが多い。現に、今、見てみよ。この中からでも裏切り者が出て、王に切りかかろうとするかもしれぬ。よいか、誰であろうと、そのような者は問答無用で切り捨てて、王の身を守るようもう一度お主から徹底せよ」

「お恥ずかしゅうございます。徹底いたします」

遠くから勝ち誇った叫び声が響いてきた。筑紫兵の上げた勝鬨だ。走りでた猪祝の指図で味方の兵も勝鬨を上げる。その喚声を聞きながら、己の戦況判断から硬直的に拒絶をせず、とりあえず良かった、と長髄彦は思った。振り向いて葛根毘古の姿を探す。葛根毘古は新城戸畔となにやら小声で議論している。午後の作戦であろうか。さらに反対側に首をめぐらす。居勢祝と並んでいる饒速日と目が合った。なにやら話したがっているようだ。了解したと、小さく頷く。続いて屋内を見回す。変わらず男戸磯城比古の姿は見えない。饒速日と居勢祝が並んで立っている場所へ向かう。

「お気づきと思うが、男戸磯城比古が裏切りました。磯城兵のほとんどは残っております。今朝方の敵の奇襲も、男戸磯城比古が情報を提供したためであるのは間違いありません。昨夜の会議終了後から明け方までの間に、敵方へ走ったと思われます」

年長の居勢祝が、まるで上長に報告するかのようにして話す。傍らで饒速日が、不安そうな表情で長髄彦を見つめる。長髄彦は頷いて居勢祝に質問した。

「このことは広く伝わっているのでしょうか。このことによって、味方に何かしら動揺のようなものが出ていますか」

「気づいている者はほとんどいません。ここでは猪祝くらいです。磯城兵は、戦死された八十梟師殿に従っておりました。八十梟師殿の下で兵を指揮していた男が、男戸磯城比古からの相談を拒否したようです。したがって兵力的には影響はありませんが、昨夜、ここで議論した内容は全て敵方に漏れていると考えねばならないでしょう」

確信はしていたが、事実として突きつけられると全身の力が抜けていく。

(丹生で紀ノ川下流の筑紫増援軍を阻止している王国軍が、今や百名足らずの小部隊であることを敵は知った。合流したあとの敵軍には絶対に勝てない)

長髄彦は、表情を変えず、饒速日王に向かい、低い声で言った。

「幹部会を開催しましょう。居勢祝殿、新城戸畔殿、猪祝殿」

饒速日王も居勢祝も賛成した。床机を持ち寄り、各々が向かい合い、円を描くようにして腰を下ろす。阿夜比遅が、それ以外の者を退去させる。会議出席資格の無い葛根毘古が、不満そうな表情を浮かべて出ていく。

「戦場にあって異例ではありますが、饒速日王御臨席の下、幹部会を開催いたします。最初に……」

王の副官で中背の阿夜比遅がいつものように開会を宣言した。言葉を切り、右手を向けて長髄彦を示しながら、饒速日王の顔を窺う。饒速日王が頷いて、阿夜比遅が言葉を継いだ。

「長髄彦殿にお願いいたします」

指名されて長髄彦は立ち上りかけた。阿夜比遅があわてて、饒速日王の顔を見ながらそれを押しとどめるようにして言った。

「お立ちにならなくとも結構にございます。時間も出席者も限られております」

権威主義者の阿夜比遅にしては合理的な提案だ。形式を重んじるいつもの振る舞いは、立場の弱い饒速日王の権威を守るための止むをえないものだったのだと、いまさらながらのように思った。

おとなしく阿夜比遅の言葉に従って、半ば立ち上がった腰を元の床机に下ろし、一息、大きく吸い込んで話し始めた。

「皆も知ってのとおり男戸磯城比古が筑紫方へ走った。今朝の奇襲作戦が敵方へ洩れていたことは、皆も感じていたことと思う。ということは、それ以外の重要なことも洩れていると考えねばならない」

長髄彦は、言葉を切って出席者の顔を見回した。そうしながら、自分のその悪い癖を反省した。

(この期に及んで、もったいぶらなくとも良いではないか)

「女寄峠の敗戦以降、今まで、居勢祝殿に厳しい交渉を通じ、なんとか我等の未来を確保するため尽力していただいた。敵との交渉を続けられたのは、紀ノ川下流に集結の敵部隊の動静が敵に分からなかったからだ。男戸磯城比古が敵方へ走り、それも明らかとなってしまった。我等が戦いに勝つ機会は、永遠に失われた。儂は提案する。ここで交渉を再開し、敵の条件を呑んで降伏せざるをえないと思う」

長髄彦は、正面の猪祝の顔を見た。猪祝は、額の三本皺を深く刻み、眉を八の字にして長髄彦と饒速日の顔を交互に見ている。どちらが主人か決めかねている狗を連想させる。

　饒速日は切れ長の目を丸く見開いて驚きの表情を浮かべ、新城戸畔は呆けたようにその狐目で長髄彦を見つめている。阿夜比遅は下を向き、居勢祝は胸の前で腕を組み、目を閉じている。

　新城戸畔が甲高い声を張り上げた。

「それはなりませぬ。我等は断固戦い抜くべきです。勝つためには手段を選ばぬ、どんな手でも使う憎き筑紫勢に、この美しい国を渡すわけにはまいりません」

　続いて猪祝が熱弁を振るう。

「春からの戦いで命を落とした多くの若者の命、八十梟師殿、鳥見比古殿、あるいは騙し討ちにされた磐余の若い指揮官達、皆の命を無駄にすることはできません。ここで戦を自ら止めたら、これまで払った尊い犠牲を全て無駄にすることになります。そのようなことはすべきではありません」

　勢いづいて新城戸畔が再び甲高い声を発した。

「この美しい我らの国を筑紫勢に渡すくらいなら、死んだ方がましです。私は、層富の言い伝えに、降伏した将として名を残したくありません。この国を渡し、民と家族を差し出した者としてではなく、戦って死んだ勇者と語り伝えられることを望みます」

　長髄彦は、自身がいつになく冷静だと思った。二人の戦争継続論に対する反論の言葉はすぐに浮かんだけれど、抑えた。

（皆に存分に話させた方が良い。それにしても、おかしな論理だ。これまで払った犠牲が惜しいと言って、今後払うことになるかもしれない、それ以上の犠牲については議論しない）

長髄彦は黙ったまま二人の熱弁を聞いた。今度はこの場で最年長の居勢祝の胡麻塩頭の下の顔を見た。居勢祝は、その細面にきびしい表情を浮かべている。いつもの冗談好きは影を潜め、真剣な口調で話しだした。

「今日の午後一杯、敵援軍の到着前に総攻撃をかける。なんとしても戦いに勝利する。万一、本日午後で決着がつかなければ止むをえまい。交渉に入る」

居勢祝が、疲労を浮かべた顔を長髄彦に向けた。

(妥協案か。今日の午後の最後の、勝ち目の無い戦で戦死する兵を生贄に捧げた妥協案か。ここでこれ以上降伏を主張すると、長髄彦は敗北主義者で臆病者だったと言い伝えられるのだろう。それに三人を説得せねばならぬのは、疲れる)

長髄彦が考えを固めたところに、新城戸畔が、先ほどとは違って静かな口調で質問してきた。

「長髄彦様は、筑紫勢の要求する降伏の条件についてご存知なのですか」

必ずしも長髄彦に尋ねた質問ではないように感じられたこともあり、回答を長髄彦は躊躇した。居勢祝が横から加えた。

「我等は全てをお話ししてはいない」

やはりそうだったのかと長髄彦は思った。そして、口を開いた。

「儂は、誰からもそのことについて聞いてはいない。しかしながら、十分承知しているつもりだ」

長髄彦はゆっくりと立ち上がって、出席者全員を見回した。皆が半信半疑の表情で長髄彦の顔を見つめている。長髄彦はそのことについて触れる気は無かった。

長髄彦は居勢祝の提案に乗ることを明らかにしてその話題を打ち切った。

「確かに、紀ノ川下流の増援軍の到着前の現在、兵の数では僅かながら我等が上回っている。勝利の可能性はある。我等が今なすべきことは、兵の先頭に立ってその可能性を追い求めることなのだろう。我等の本分は、我等に従った多くの民を、筑紫の侵略から守り抜くことにある。午後いっぱい、全力で攻めたてて、勝利を目指そう」

長髄彦は話を切った。口を開いたときには、その戦いが不首尾となった後では交渉を再開すると、念を押しておくつもりだった。新城戸畔の大きく開かれた狐目と猪祝の額に深く刻まれた三本の横皺を見て、長髄彦はそれを止めた。

長髄彦は、自分が王であるかのような話と物言いをしてしまったことに気づいていた。床机から離れ、饒速日の前に片膝をつき、頭を下げた。

「午後の戦いとその後の計画につき、ご裁可くださいますようお願い申し上げます」

饒速日は、腰かけたまま背筋を伸ばし、顎を引き、右口端を引き攣らせ、腹の底から搾りだすように声を出して長髄彦に応えた。

「これから半日、我等、全力を挙げて戦おう。まさに我等の命運のかかった戦となる。その後のことは、その戦いの結果に従おう」

長髄彦が短く返答して、皆がそれに倣った。

四

午後早く、新城戸畔、猪祝等がそれぞれの兵団に飛ばした檄は、例外なく兵士の戦意を高めた。そして、その高まりは津波のように王国軍全体に広がった。戦いに勝てなかった場合には降伏する、という結論が決まっていることから、戦意が上がらないのではとの長髄彦の思いは、杞憂に過ぎなかった。

葛根毘古の指揮する那賀須泥の兵士達の間でもそれは同様だった。ある者は顔を紅潮させ、ある者は顔面を蒼白にした。瞳孔が絞られ、瞳が収縮し、獲物を追う獣のそれとなった目が、敵のいる忍坂へ向けられた。

葛根毘古のかけた号令で那賀須泥の兵団が動きだし、これが最後と定めた戦いが始まった。右翼を新城戸畔自らがその中団に加わった層富の大軍が進む。その先頭を、新城戸畔自慢の、朱色に輝く鎧を身にまとい長槍を装備した重装歩兵団が行く。さらに、巨勢、和邇、高尾張、登美の兵団が後続する。

左翼も続いて動きだす。猪祝に従った磐余の軍団に磯城兵が後続している。午後の陽光が、楯の間から突きだされた槍の穂先に反射してきらきらと輝く。兜の庇の陰の下で目が光る。数百人が一斉に立てる足音と、身に着けた武具の立てる音が響き渡る。

長髄彦は、午前中に立った場所に再び身を置いた。饒速日の希望もあって、その鳥見山中腹の東斜面上に床机が並べられ、王国軍首脳が並んで腰を下ろした。中央に饒速日が席を占め、その右に長髄彦、左に居勢祝が座る。三人の後ろに阿夜比遅が腰を下ろし、そのすぐ横、饒速日の真後ろに猪祝の残した屈強な若者三人が立っている。さらにその背後を、日下の、近衛兵とでも呼ぶべき饒速日直属の、二十人ほどの兵士達が固めている。

長髄彦は腰を下ろしていられず、立ち上がった。数歩進んで足を開き、朱色の兜を被って立つ。腕を胸の前に組んで、顎を突きだし、眼下を睥睨するように見回す。

東側、一と四分の一里（四百二十米）先の、味方兵士の進む先の、敵兵が密集する緩斜面の奥、小高い丘の上の平坦地に、矢を防ぐための木製の楯が並んでいる。楯の表面には、春以来見慣れた、筑紫勢の標しが描かれている。

楯の陰から金色に輝く鳥を竿先に飾った鳥竿を二本おしたてて、複数の敵将と思しき男達が現れた。斜面上の敵兵の間から矢が束となって飛ぶ。黒い大きな鳥のような羽音をたてて、坂下を進む味方の隊列に空から襲いかかる。葛根毘古らしい指揮官の声が響く。その声で空に向かって、一斉に、楯が突きだされる。楯に矢がすさまじい金属音を立てて突き刺さる。楯の間をすり抜けた矢に射抜かれた味方の兵士が、膝を折って音も無く崩れていく。地面に突然穴が開くように、頭上に掲げられた楯の壁に隙間ができる。

味方の弓兵による応射が始まった。味方の隊列の中ほどから、同じように黒い束が敵陣に向かって飛びだす。前列の歩兵が敵陣に向かい、喚声を上げて緩い傾斜を登りだす。味方の矢が、板を槌で叩いたような音を立てて、敵が並べた楯に突き刺さる。味方歩兵の持つ楯と槍が、敵の防御線を構成する楯の列に到達した。

敵は傾斜を利して味方の隊列を押し戻そうとする。筑紫勢の振る鉄製の矛と剣が、銀色の鈍い光を放つ。味方の黄金色の槍と剣が必死に応じる。武器の立てる金属音と、兵士達の上げる怒号が耳に届く。

葛根毘古の率いた楔《くさび》の切っ先に続いて、その右翼を新城戸畔の層富の兵団が押し上げる。その先頭が敵の防御線に取り付いた。続いて猪祝の指揮する磐余、磯城を中心とする盆地南部の兵が、左翼で敵隊列との間隔を詰める。全線にわたり戦端が開かれた。

長髄彦は、立ったままその戦いを眺める。

(長男のいるのはどのあたりだろうか)

南の吉野の山々から盆地に向かって、乾いた生暖かい風が降りてくる。山々の上に雲が湧き始めた。攻撃の先頭に立った那賀須泥、層富、それに磯城・磐余合同の三つの兵団は、手本通りの行動を取っていた。敵兵と刃を交えている兵を、後続の兵が次々と追い越すようにかわしていく。かわされた兵士は、最後尾に下がる。先頭の兵の疲労が高まると次列の兵が最前列に進出する。順次その位置を交替し、前へ出ていく。

兵団内では百人単位で兵の交代が行われ、しかるべき時間を置いて、その百人単位の集団同士が交代していく。戦線の先頭にあって、直接敵兵と刃を交えている兵の数は全体の数分の一であっても、王国軍にあってそれは、常に休養十分の新鋭部隊の兵士達だった。

敵をじりじりと押し込めていく。しかし敵隊列は坂の上へ押し上げられながらも、崩れない。敵も味方も最前列の兵員を交代させながら戦い続けている。

日が中空から西へ傾き始めて、次第に南の吉野の山々から雲が広がり始めた。またたくまに日が雲に隠れる。周囲が暗くなる。南の山地から遠雷が轟きだした。

長髄彦が、それがまさしく雷の轟きと気づいたのは、雷雲に空が覆われてからだった。小さな雨粒は、たちまち大粒の雨となり地面で勢い良く跳ねる。季節外れの夕立だ。稲妻がきらめき、雷鳴がとどろく。

長髄彦は振り返り、饒速日と居勢祝を見て言った。

「雷に打たれて怪我でもされてはつまりません。小屋の方へ引き上げてください。居勢祝殿、王をお連れください」

「長髄彦殿、お主も」

「私は、ここで兵の働きを見届けたいと存じます。しかし、全員がここにいる必要も無いと存じます」

饒速日王と居勢祝が警護の兵士達を連れて引き上げた。それを待っていたかのように、長髄彦の背後の斜面に生えている欅の大木に稲妻が落ちた。薄暗闇を閃光が走った。景色が白く、真昼のように照らしだされる。思わず長髄彦も声を上げ、身を屈め、右手を上げて頭を庇う。警護の兵士達や従兵も頭を手で覆ったり、その場にうずくまったりしている。轟音が続き、木の焦げる臭いが漂よう。

一里強（四百二十強米）先に見えていた敵本陣の指揮官の姿が、煙る雨脚に隠れてしまった。味方の先頭も見えない。足元を水が流れていく。火照った足に冷たい雨水が心地よい。長髄彦は拙いと思った。敵隊列を押し込んでいるが抜けない。敵本陣までの距離は縮まっても、防御線を抜いたとは言えない。足元がぬかるみ、滑りだす。緩い坂とはいえ、傾斜を上る味方に不利となることは考えるまでも無い。

短時間で、雷鳴が遠ざかり、雨脚も弱まった。逆に足元の水の流れは強まっていく。雲が薄くなりあたりが明るさを取り戻す。再び敵本陣が目に入る。そこには敵将らしき男が、雨が降りだしたときと同じ位置で、床机らしきものに腰を下ろしている。

危惧したとおりの展開となる。傾斜の強い斜面に戦線がかかっている左翼で、隊列が崩れだした。瞬く間に全軍に伝染してゆく。敵は勢い付き、楯と矛を持って傾斜を下る。味方の構える楯に、敵兵の持つ矛がぶつかり、さらに楯に敵兵が体をぶつける。その衝撃を受け止め支える兵士の足元は、泥濘に変わっている。

戦場にくぐもった喚声が響いた。何事かと長髄彦は音源を探す。忍坂の敵陣後方に、視認できる範囲だけで千人を超える新たな敵兵団が現れている。声を上げ坂下の戦場に駆け下りてくる。遠目にも楯の文様が識別できる。明石、針間、上道の兵達だ。紀ノ川の下流に留まっているはずの敵援軍が来ている。

(阿加賀根殿は何をしている。計画よりも短い日時で、敵兵団がここに現れた。どういうことだ)

長髄彦はもはや、これまでだと思った。残された中央と右翼の兵団が同じように押されて坂の下に戻るのを見届けて、長髄彦は振り返った。従兵と那賀須泥からの警護の兵士達に向かい、一人一人の顔をゆっくりと見回しながら言った。

「これまでじゃ。思えば春から長い戦いであった。お主達の働きに感謝している。皆はしばらくここに留まり、行く末を見届けよ」

長髄彦は、長男のいると思われる戦場へ向かいかけて、立ち止まり、再び向き直って言った。

「那賀須泥へ帰り、家族達と集落の再興に励むがよい。頼むぞ」

長髄彦が歩き始めると、残された兵士達の中から幾人かが長髄彦に続いた。

「お供させていただきます」

長髄彦は何も応えず、何事も起こらなかったかのように、足元に気を配りながら斜面を下りていく。右手に抜いた剣を持ち、味方兵団の最後尾にたどり着いて声を張り上げた。

「我は長髄彦なり。この国を敵に渡すな。親を、子等を敵に渡すな。愛する妻達のために戦え、敵を殺せ、押し戻せ」

長髄彦の存在を確かめるように、味方の指揮官、兵が振り返える。指揮官達が声を上げて督戦する。戦意の高まりが津波のように、敵兵と刃を交わしている最前線に向かって伝わっていく。

長髄彦は、味方の兵を掻き分けて最前線を目指した。矢がうなりを上げて頭上を飛び、頬をかすめる。長髄彦は頭を傾げて避ける素振りすらしない。

敵兵を目指しながら進む長髄彦に敵が気づく。斜面の上方の弓兵の敵指揮官が、長髄彦を指差して部下に声を上げている。長髄彦の周囲に落ちる矢が多くなってきた。味方の兵や下級指揮官が長髄彦の周囲に楯を持って集まる。

新城戸畔が長髄彦に気づいてやって来た。新城戸畔は部下に指示し、長髄彦を最前線から遠ざけ、敵弓矢の射程距離外へ連れだそうとする。長髄彦はそれに抵抗し、最前列へ向かうことをやめない。周囲の層富の兵達は、長髄彦の言うことよりも自分達の首長の命令の履行に懸命となる。新城戸畔が長髄彦にしたがっていた那賀須泥の兵士に向かって声を上げた。

「お主達、何をしている。長髄彦様を、早く、安全なところへお連れしろ」

長髄彦はあきらめた。長男のいる最前線で、敵と直接刃を交わし、一人の兵卒として春からの戦いに終止符を打とうという考えは果たせなかった。自分が傍にいないと、再び戦場へ戻りかねないと思ったのか、新城戸畔が長髄彦について離れない。

五

取り囲まれ、抱きかかえられるようにして長髄彦は、戦場を離脱させられた。斜面を登り、鳥見山の元の位置に戻って、ようやく長髄彦はぴったり寄り添う層富の兵士達から解放された。新城戸畔だけが付き従う。

薄い雲が空を覆っている。戦場を眺める。長男が兵卒として戦っているはずの戦線へ視線を向け、見えるはずのないその姿を探す。戦況は改善せず、むしろ悪化している。長髄彦は、戦場に背を向け新城戸畔とともに、黙ったまま指揮所を目指した。脳裏に那賀須泥の家族の姿が浮かぶ。

（妻の笑顔と子供達の、自分を呼ぶ声が聞こえるような気がする）

指揮所の粗末な屋根が見えて、それまで考えていた那賀須泥の妻子のことを頭から追い出す。

指揮所の中では、早めに灯が焚かれている。入り口にかけられた筵が跳ね上げられている。灯に映しだされた人々が、目に入る。ある者は立ち、ある者は腰を下ろしている。顔までは見分けられない。

（そもそも自分の推測は正しいのだろうか。それが間違えていたら、これからのことは茶番になる）

長髄彦は迷いを断ち切る。

（それはどうでもよい。戦いを止めさせることができればよい。この国が受ける略奪と、その後に続く収奪が少なくなるように、考えたことを実行するだけだ）

考えがまとまったその時、長髄彦は指揮所の入り口に立った。王の衛兵が声を出す。

「お疲れ様に存じます」

長髄彦は小さく頷く。その兵士が指揮所の奥に向かって声を張り上げる。

「長髄彦様、新城戸畔様お戻りにございます」

長髄彦は、額に張り付いた濡れた髪を両手で後ろに撫でつけ、鎧の滴を指先で叩き落として奥へ歩きだす。濡れてしまった右手のひらを、鎧の胴の内側に入れて、濡れていない着衣で拭く。

王の饒速日は、奥の一段高く、突き固められた段上の床几に腰を下ろしている。背後に三人の護衛の兵士が立っている。左右の二人は槍を持ち、中央の一人は腰につるした剣の鞘を左手で抑えている。

右手前、少しはなれて居勢祝がやはり床机に腰を下ろしている。歩きだした長髄彦に向かって阿夜比遅が、顔に微笑を浮かべ進んできた。

味方の壊走は、まだ伝わっていない。新たな敵の出現も知られていない。長髄彦は、厳しい顔のままで、そのまま饒速日に向かって進んだ。饒速日の座った位置から四、五歩の距離で立ち止まる。居勢祝が立ち上がって段を降り、長髄彦と新城戸畔に向かって近寄ってくる。長髄彦は、その動きを無視して、饒速日に向かって声を出した。

「先ほどよりの突然の雷雨により、味方兵士の足元の坂は、川のように水が流れだしました。水を含んだ土に足を滑らせ、斜面の上から攻め立てる敵兵を支えることができず、味方兵団は、出発点にまで押し戻されました。さらに忍坂上に新たな敵兵団が出現しました。味方は壊走しはじめており、それを止めることは、もはや不可能と存じます。まことに遺憾ながら、武運つたなく、兵士達の奮戦およばず、この戦、敗北です」

長髄彦は、言葉を切って、饒速日の眉間に寄せられた薄い眉の下の切れ長の眼を見つめた。饒速日は僅かに眉の間に立皺を刻む。長髄彦は言葉を続ける。

「このまま筑紫と戦い続けることかなわず、斯くなる上は、かねてよりの計画どおり、筑紫と和平の交渉を再開せざるをえません」

長髄彦は、顔をめぐらし傍らに立つ新城戸畔に視線を据えた。新城戸畔は、首を横に振り、その表情に戦い続行の意思を浮かべ、切れ長の目で訴えるように長髄彦を見返す。居勢祝と阿夜比遅は困惑したような表情を浮かべている。饒速日はほとんど無表情のまま長髄彦を見つめいている。長髄彦はそのままの姿勢で新城戸畔に向かい、諭すように話し始めた。

「我等は首長であり、指揮官である。我等にとって、勇者らしく、そして子々孫々語り継がれるように、雄々しく華々しく、最後まで戦い続けることは本望である。そのように太く生きたい」

長髄彦は話を切り、新城戸畔へ据えていた視線を戻して他の男達を見た。皆が長髄彦に注目していることを確認し、話を続ける。

「しかし、兵士達の大部分、そしてその兵士の帰りを待ちわびている多くの家族は、間違いなく違う。

苦しくとも、細々とであっても、たとえその身を奴婢の身に落としても、生き延びることを望むだろう。我等が戦い続けるということは、この国が徹底的に破壊され、男達の多くが死んでしまうことにつながる。民にとってこの国の降伏は、単に指導者が変わるということでしかない。この難局にあって、皆、勇敢な指導者として充分にその力を発揮し、戦った。この後は民とともに生き延びて、この国の再興に力をそそぐべきだろう」

阿夜比遅が下を向く。その背後にいる日下の近衛兵の指揮官は、表情を消して饒速日の背と長髄彦の顔を交互に見ている。饒速日の背後を守る三人の若者の内二人は長髄彦に視線を据え、一人は足下を見ている。

長髄彦は半歩足を進め、右手で左腰の剣の柄を掴んだ。さらにゆっくりと足を進めながら剣を抜き、鞘を投げ捨てた。饒速日の背後の三人に目を移すが、三人とも動かない。止むをえずさらに一歩進んで、立ち止まり、饒速日の眼を見つめ、声を出した。

「敵軍との交渉に当たっては、兵を指揮した王の首を持参すること、これ古今の理。王国の全ての生き残りし民の生存のため、王の首、頂戴つかまつる」

言葉の途中で、王の背後の三人が顔を見合わせる。長髄彦は、剣を頭上に振りかぶる。左右で、居勢祝と阿夜比遅が同時に声を出す。かまわず長髄彦は足を踏みだす。饒速日は発作的に右手を上げ、長髄彦の振り上げた剣から身を庇う。さらに半歩、距離を詰める。饒速日は、右手を長髄彦に向かってあげたまま、床机をそのままに後ろへ倒れた。

長髄彦は、その床机に向かって振り上げた剣を振り下ろす。剣が木製の床机を撃ち割ってすさまじい音が響く。

護衛の三人の内二人の持つ槍が、突きだされた。一本は朱の塗られた青銅の鎧の前後の合わせ目、振り下ろした長髄彦の右手の下、わき腹に、一本は左下腹部に音を立てて突き刺さった。

太い棒状のもので力任せに殴られた後、熱い異物が突然体内に入ってきた。全身の血液がその二箇所にすさまじい速さで流れ集まる。強烈な痛みが二箇所から発せられる。頭から血が引いていく。

左下腹部の槍が抜かれた。噴出す血が目に入る。さらに、その槍が鎧の右胸を強く打つ。鎧に滑って槍は刺さらなかったが、槍を押す力に長髄彦は左横に押し倒された。

脇腹の槍が肉をえぐる。顔の右側が土に触れる。左手で体を支え、顔を左へ、饒速日の方へ向ける。長髄彦と饒速日の間に剣を持った護衛の一人が割って入り、それに日下からの近衛兵の指揮官が続いた。口々に何か怒鳴っているが、くぐもった響きで何を言っているのか分からない。それぞれの顔が祈祷師の被る面のように無表情だ。視界から色が消える。白と灰色の世界。耳に届く音が消えていく。

長髄彦は剣を握った右手を動かそうとしたが動かない。長髄彦は最後まで逆賊を演じ続けようと思ったが、饒速日が理解してくれているかどうか、俄かに不安が湧く。妻と子についての約束を、饒速日は守ってくれるだろうか。

力を振り絞り、上半身を起こしにかかる。剣を離した右手を饒速日に向かって伸ばし、声を出そうとする。口の中に体の奥から血が上ってくる。口からその血を吐きだす。ようやく声が出た。饒速日が顔を寄せてきた。その瓜実顔《うりざね》の輪郭でかろうじて饒速日と分かる。暗くて色の無い、全ては灰色の濃淡だけの世界に、二本の太い刺青、薄い眉と切れ長の一重の目が認められる。

「約束を」

饒速日が頷いた。にわかに寒さを感じる。雪でも降りだしたのだろうか。目を瞑ると懐かしい光景が浮かんでくる。母親の衣服のすそを握り締めて、戸口に立つ。雪の積もった屋外を二人の兄と姉が、父親と走り回っている。

（首長の家に生まれながら、国と家族を守ることができなかった。本分を尽くせなかった。自分は名を残すことなく消えていくのだろう。それでも力は尽くした。父の期待にこたえられただろうか。父は登美毘古を、長髄彦を誇りに思ってくれるだろうか）

光の中で若い頃の妻が、ころころと喉を鳴らして笑う。傍らで子供達が一緒に笑い転げる。四人の後ろには黄色い花が咲いている。その遥か向こうに、蒼く三輪山がたおやかに横たわっている。

（あいつ〈長男〉は無事だろうか。名を残すことはできなかったけれど、子を残すことができた。子供達の成長に手を貸してやることはもうできない。三輪山の祖神に祈ろう。三輪山はどの方角だろうか）

視野が狭まり、光が小さな点となって長髄彦の世界は閉じた。

エピローグ

その夜、饒速日は要求されていた長髄彦の首を携え、敵本陣を訪れた。侵入軍の総大将狭野彦《サノヒコ》は、王国側に突きつけた条件が満たされたことを認め、全軍に戦闘終結を伝えた。

狭野彦は従う筑紫勢とともに、畝傍山南西麓に入植し、新たな集落を築いた。後世、人々は、狭野彦を神倭伊波禮毘古《カムヤマトイワレビコ》（神武天皇）と名づけた。

饒速日は、そのまま河内にあって、婿入りした長髄彦の子の子孫は、物部氏として続いた。

終

編集部註／作品中に一部差別用語とされている表現が含まれていますが、作品の舞台となる時代を忠実に描写するために敢えて使用しております。

【著者略歴】

鈴木　慧（すずき　けい）

昭和二十一年　仙台市生まれ
昭和四十五年　早稲田大学商学部卒業
　　　　同年　日本アイビーエム（株）入社
平成十四年　　同社退社
平成十四年　　（株）丸善入社
平成十六年　　同社退社　現在に至る

三《み》輪《わ》山《やま》　何方《いずれ》にありや
——古事記《こじき》　中《なか》つ巻《まき》　異書《いしょ》　長髄彦伝《ながすねひこでん》より——

2019年1月29日　第1刷発行

著　者 — 鈴木《すずき》 慧《けい》

発行者 — 佐藤　聡

発行所 — 株式会社 郁朋社《いくほうしゃ》

〒101-0061　東京都千代田区神田三崎町2-20-4
電　話　03（3234）8923（代表）
ＦＡＸ　03（3234）3948
振　替　00160-5-100328

印刷・製本 — 日本ハイコム株式会社

落丁、乱丁本はお取り替え致します。

郁朋社ホームページアドレス　http://www.ikuhousha.com
この本に関するご意見・ご感想をメールでお寄せいただく際は、
comment@ikuhousha.com　までお願い致します。

ISBN978-4-87302-688-6 C0093